GULLIVER

1095

Krimis aus der Reihe www.schwarzlichter.com:

BERLIN

Anna Kuschnarowa **Spielverderber** Gulliver TB 74072

HAMBURG

Maike Hallmann **Bellende Hunde** Gulliver TB 74073

KÖLN

Myron Bünnagel **Puppentanz** Gulliver TB 74051

Myron Bünnagel **Kalter Asphalt** Gulliver TB 74095

LEIPZIG

Kathleen Weise **Langer Schatten** Gulliver TB 74074

Kathleen Weise **Code S2** Gulliver TB 74052

MÜNCHEN

Boris Koch **300 kByte Angst** Gulliver TB 74096

Boris Koch **Feuer im Blut** Gulliver TB 74053

Myron Bünnagel

Kalter Asphalt

EIN **GULLIVER** VON **BELTZ & GELBERG**

www.gulliver-welten.de
Gulliver 1095
Originalausgabe

Lektorat: Christian Walther
Neue Rechtschreibung
Markenkonzept: Groothuis, Lohfert, Consorten, Hamburg
Einbandgestaltung: Max Bartholl
unter Verwendung eines Motivs von Kacao77
Gesamtherstellung: Druck Partner Rübelmann, Hemsbach
Printed in Germany
ISBN 978-3-407-74095-3
1 2 3 4 5 12 11 10 09 08

I am lost
for no one to be found
but you

You are lost
never to be found
by me

Little Girl Lost

1

Sonnenkind schrieb:

Hallo!

Ich weiß nicht, ob das hier hinpasst, aber ich denke schon: Ich suche meine Schwester. Sie ist aus einem Internat bei Köln abgehauen. Das war vor drei Monaten und seitdem haben meine Eltern und ich nichts mehr von ihr gehört. Ich bin echt verzweifelt, weil wir nicht wissen, was wir noch tun sollen. Die Polizei ist schon eingeschaltet, hat aber bis jetzt noch nichts herausgefunden. Wir haben früher in Köln-Dünnwald gewohnt, ehe wir in die Nähe von Nürnberg gezogen sind. Meine Schwester wollte immer zurück. Sie heißt Veronica und ist siebzehn.

Könnt ihr Kölner vielleicht etwas die Augen offen halten? Ein Foto kann ich gerne per Mail schicken. Was vielleicht hilft: Vero ist ein bisschen Punk und Gothic, echt schrill (Emilie-Autumn-mäßig, Dresden Dolls und so). FalloutGirl hört ja auch so was, womöglich geht ihr in Clubs, wo so was gespielt wird? Dann könntet ihr einfach ein wenig nach ihr suchen?

Wenn ihr noch Fragen habt oder wegen dem Foto, schickt mir doch eine PM.

Ein Lebenszeichen von Vero würde uns echt beruhigen.

Vielen Dank schon mal! Grüße aus Cadolzburg!

Eure verzweifelte
Kim

2

Köln-Vogelsang, Haltestelle Wolffsohnstraße. Zischend öffneten sich die Türen der Linie 3. Marie stieg aus, schob die Hände in die Taschen ihres Kapuzenshirts und setzte sich in Bewegung. Die tiefgrauen Wolken hingen dicht über der Stadt. Demnächst würde es anfangen zu schütten. Na, prickelnd. Ihre Laune hing mindestens ebenso weit unten. Es war drei Uhr nachmittags und eigentlich wollte sie in der Innenstadt sein und im Antiquariat stöbern. Nicht, dass sie Kohle übrig gehabt hätte. Im Gegenteil. Schulden, nur beschissene Schulden. Um Puppen machte sie seit der Sache im letzten Herbst grundsätzlich einen Bogen. Immerhin konnte sie das Geld bei ihren Eltern abstottern. Mit Botengängen für ihre Mutter zum Beispiel. Aber das dauerte ewig! Vermutlich durfte sie den Rest ihrer Jugend von Kinderarztpraxis zu Kinderarztpraxis, von Apotheke zu Apotheke, von Patient zu Patient laufen. »Scheiße«, fluchte sie und zog ihre Jacke zu. Der Wind pfiff ganz ordentlich.

Wo war jetzt diese Asklepios-Apotheke? Marie stiefelte die Straße hinunter. Hier lag der Hund begraben. Nichts los. Eine lange Reihe langweiliger Wohnhäuser auf der einen Seite, ein Ascheplatz und Wiese auf der anderen. Ihre Finger spielten mit dem MP3-Player in der Tasche. Peggys alter. Black Light Burns – *The Mark*. Passte zu ihrer Stimmung. Passte zu Vogelsang. Nelly hatte ihr zwar ein paar neue, ruhigere Sachen kopiert, aber in die hatte Marie noch nicht reingehört. Hauptsächlich Lieder mit deutschen Texten, da stand sie nicht so drauf. Sie seufzte. An ihre Freundin wollte sie jetzt eigentlich gar nicht denken. Irgendwie war *Freundin* auch nicht richtig. *Geliebte* aber auch nicht. Irgendetwas dazwischen. Ihre Beziehung war einfach ... nicht ganz rund? Frustrierend. Sie konnte es nicht in Worte fassen. Nelly sah total süß aus, es fühlte sich gut an, wenn sie zusammen waren, und man konnte klasse mit ihr abhängen. Aber irgendwas fehlte. Tief greifende Gespräche zum Beispiel. Oder auch mal ein wortloses Einverständnis. Schon ein paarmal hatte Marie versucht, ihre Gefühle zu beschreiben, aber es hatte sie beide nur deprimiert und sie hatten das Thema fallen lassen. Außerdem hegte sie die Befürchtung, dass Nelly einfach nicht wirklich glücklich war. Vielleicht, weil sie mit einem Mädchen zusammen war. Vielleicht, weil ihre Eltern stressten. Vielleicht ... Ach, vergiss das doch jetzt mal.

Plötzlich blieb Marie wie angewurzelt stehen. Da hatte jemand geschrien. Sie riss sich die Ohrenstöpsel heraus. Der Schmerzensschrei einer Frau, kurz und gellend. Jetzt ein Rasseln, das kam vom Drahtzaun um den Sportplatz. Die Geräusche waren zwischen den Bäumen, nicht weit von der Straße.

Sie drehte sich um, aber es war niemand zu sehen. Mist, dann eben alleine. Hastig zerrte Marie ihr Handy aus der Jackentasche, falls sie Hilfe holen musste. Dann lief sie vorwärts. Ein paar Birken standen an der ihr zugewandten Seite des Sportplatzes, dazwischen große Büsche. Der Wind hatte Müll herangeweht, ein verbogener Einkaufswagen war vom Gras überwuchert. Schreie waren nicht noch einmal zu hören gewesen, dafür zischende Stimmen und ein dumpfes Klatschen.

»Hallo, ist da jemand?«, rief sie. Schön blöd, natürlich war da jemand. »Braucht wer Hilfe?« Jetzt umrundete sie einen der Büsche, allerdings mit gehörigem Sicherheitsabstand.

Beim Anblick der drei Gestalten hinter dem Gebüsch zuckte Marie erschrocken zusammen. Zwei Mädchen pressten ein drittes gegen den Zaun. Eine von ihnen winkelte das Knie an und stieß ihrem Opfer damit in den Unterleib. Das wäre nach vorne gekippt, aber die anderen hielten das Mädchen aufrecht. Es blutete aus der aufgeplatzten Unterlippe, das Kinn war rot verschmiert. »Hey!«, schrie Marie möglichst laut, falls doch ein Passant in der Nähe war. »Lasst sie in Ruhe! Ich rufe die Polizei!« Sie hielt ihr Handy ans Ohr, hatte aber noch nicht gewählt.

Die Angreiferinnen waren in ihrem Alter. Weiße Sportjacken, Basecaps, Jeans. Die Größere der beiden hatte blonde Strähnen im braunen Haar, die andere ein Piercing in der Nase.

»Lass uns abhauen!«, brüllte die mit den gefärbten Haaren. Sie ließ los und griff hastig nach einem Bündel Zettel, die auf dem Boden verstreut lagen. Dabei ließ sie Marie nicht aus den Augen. Als sie alle beisammen hatte, rannte sie zur Straße. Ihre Freundin rammte ihrem Opfer noch mal ein Knie in den Bauch. Dann zeigte sie den Stinkefinger und verschwand in die gleiche Richtung.

Marie beobachtete durch das Astwerk der Sträucher, wie sich die Mädchen abklatschten und in Richtung Haltestelle zogen. Der Wind riss ihr Lachen fort.

»Diese Asis ...« Sie wandte sich dem Mädchen zu, das vor ihr im Dreck kauerte. Der Boden war aufgeweicht und verschmierte ihre Kleidung.

»Hey, alles in Ordnung mit dir?« Das Handy noch immer in der Hand, kniete Marie sich hin und half der Fremden, sich aufzurichten. Langes, rötliches Haar, das schweißnass am Kopf klebte. Klare, grüne Augen mit dunklen Ringen darunter. Kleine Stupsnase, ein paar Sommersprossen auf den Wangen. Und eine gesprungene Lippe, aus der Blut auf die Erde tropfte. Die Fremde hielt sich den Bauch, das Gesicht schmerzverzerrt. Blut hatte das weiße T-Shirt verfärbt. Aus ihrem Mund drang ein Stöhnen. Die Haut hatte einen leicht grünlichen Schimmer. Ihr Atem ging schwer.

»Mist, du siehst nicht gut aus. Hier, lehn dich gegen den Zaun.« Marie brachte sie in eine angenehmere Position. »Warte, hier ist ein Taschentuch.« Das Mädchen griff dankbar danach und tupfte sich die Unterlippe ab, die bereits zu schwellen begann. Einen Moment betrachtete sie das besudelte Papier, dann warf sie es achtlos weg.

»Die haben dich ziemlich erwischt. Ich rufe besser die Polizei und den Krankenwagen.«

Die Hand des Mädchens schnellte vor und legte sich grob auf Maries Arm mit dem Telefon. »Keine Bullen, hörst du!« Trotz des Schmerzes im Blick funkelte sie Marie an. »Keine!«

»Ist ja gut. Beruhige dich …«

Die Rothaarige nickte angestrengt und lockerte den Griff, ohne loszulassen. Ihre Haut fühlte sich glatt und heiß an. »Ich muss nur ein bisschen ausruhen. Mir ist total schlecht.« Sie lächelte, aber es wirkte gezwungen. »Wenigstens wissen diese Schlampen nicht, wie man richtig zuhaut.«

»So wie du aussiehst, ist ihnen das sehr wohl klar. Sicher, dass du keinen Arzt brauchst?«

»Scheiß auf den Arzt. Ich habe nur eben keine Luft mehr gekriegt, das ist alles.« Mit der freien Hand kramte sie in der Tasche ihrer Lederjacke, bis sie eine rote Packung Zigaretten fand: *Burma strong*, ohne Filter. Mit fahrigen Bewegungen zündete sie sich eine an.

»Das würde ich sein lassen. Ist bestimmt nicht gut in deinem Zustand.«

»Wer bist du, die Gesundheitsministerin?«

»Nein, ich bin Marie.« Damit hockte sie sich neben die andere.

»Claire.« Beim ersten Zug aus der Kippe hustete sie heftig und spuckte einen blutigen Fleck auf den Boden. Dann wurde es besser, und sie lehnte den Kopf gegen den Maschendraht und starrte dem Rauch nach, der vor ihrem Gesicht zerfaserte.

Marie konnte den Blick nicht von ihr nehmen. Abgesehen von den Ringen unter ihren Augen und der kaputten Lippe war Claire ziemlich hübsch.

»Auch eine?« Sie hielt ihr die Schachtel hin.

»Nee, lass mal. Ich rauche nicht.«

»Ich normalerweise auch nicht. Nur, wenn was los ist.« Schweigend saßen sie nebeneinander. Eine Straßenbahn rumpelte vorbei, ein paar Vögel zankten sich, aber ansonsten war alles ruhig. Claire rauchte und trat mit ihren zerkratzten Schuhen Vertiefungen in die feuchte Erde. Sie trug schwarz-rote Ringelstrümpfe.

»Kanntest du die beiden?«

»Kann sein, dass ich sie mal gesehen habe. Diese Ärsche in ihren Jogginganzügen sehen doch alle gleich aus. Aber diese beiden werde ich bestimmt wiedererkennen.« Sie drückte wütend die Zigarette aus.

»Haben die was geklaut oder wollten die nur Stunk machen?«

Claire zögerte mit ihrer Antwort und blickte einen Moment auf die Stelle, an der die Zettel gelegen hatten: »Nee, nichts. Vermutlich habe ich sie nur falsch angeguckt.«

Marie brummte eine Zustimmung, war aber nicht davon überzeugt, dass die andere die Wahrheit gesagt hatte.

»Okay, vergiss es, ich muss weiter.« Claire richtete sich vorsichtig auf und verzog dabei das Gesicht. Für einen Augenblick sah es so aus, als müsste sie sich übergeben. »O Mann, davon werde ich noch ein bisschen was haben.« Sie grinste. »Aber danke für deine Hilfe.«

Hastig sprang Marie auf: »Ist doch logisch. Ich kann Gewalt nicht ausstehen und zwei gegen einen …«

»Mach's gut«, unterbrach sie Claire. »Wir sehen uns.« Sie wandte sich um und humpelte am Zaun entlang.

»Hey …« In Maries Wangen brannte es. Sie konnten doch nicht so einfach auseinandergehen. »Wann?«

»Was *wann*?«

»Na, ich meine … wann sehen wir uns mal wieder?« Jetzt nur nicht rot werden.

»Keine Ahnung. Hab ich nur so gesagt.« Auf Claires Kinn waren noch immer Blutspuren.

»Oh … vielleicht auf einen Kaffee oder so.« Marie schluckte. Nun fing sie auch noch an zu stammeln. »Ein bisschen reden … wenn du magst.«

Claire legte die Stirn in Falten und musterte sie aus zusammengekniffenen Augen. Dann lächelte sie. Ein schönes Lächeln, aber irgendwie nicht richtig freundlich. Eher amüsiert, fast hämisch. Und trotzdem fühlte Marie ein Kribbeln im Bauch. Was war denn los mit ihr?

»Mach einen Vorschlag.«

»Das *Café Storch* auf der Aachener, kennst du das?«

»Werd's schon finden.«

»Mittwoch? So gegen acht?«

»In Ordnung. Bis dann.« Damit ließ sie Marie stehen und ging langsam in Richtung Straße davon.

»Tschüss …«, rief Marie ihr verzögert nach. Dann ließ sie sich schwer gegen den Zaun sinken. Sie hatte sich benommen wie ein Idiot. Vermutlich hatte Claire deshalb so gegrinst. Oder aber …

Ein Blick auf die Uhr. »Oh, Mist!« Fast vier. Ihre Mutter wollte die Medikamente aus der Apotheke in einer Viertelstunde in ihrer Praxis haben. Eilig verließ Marie die Wiese. Hier irgendwo musste es doch sein.

Aber ein-, zweimal blieb sie stehen und schaute zur Haltestelle zurück. Vielleicht war Claire ja noch dort. Aber, nein ... Was für ein süßes Gesicht die hatte! Jetzt musste Marie lächeln. Sie stand einfach total auf blasse Haut und grüne Augen. Nellys Teint war auch so ähnlich. Nelly ... Der konnte sie unmöglich von dieser Begegnung erzählen.

Wenig später fand Marie die Apotheke. Sie lag an der Ecke einer Einbahnstraße. Das Schaufenster war mit einem Ranger aus Pappe samt Sprechblase und einem roten Schal um den Hals dekoriert. *Pharmacon sagt dem Schnupfen den Kampf an.* Warten musste sie auch noch. Es war nur eine Verkäuferin am Tresen. Die beiden anderen standen hinten bei den Regalen und stritten lautstark. Marie seufzte. Eine von ihnen hatte scheinbar einen Stapel Rezepte verschlampt. Konnten sie das nicht später regeln, statt den ganzen Betrieb deswegen aufzuhalten? Endlich. Marie reichte den Wisch ihrer Mutter an die Angestellte weiter, die daraufhin ewig brauchte, um die Bestellung zu holen. Auch sie musste sich noch in den Streit einmischen. Genervt nahm Marie das Päckchen entgegen. Jetzt musste sie sich verdammt noch mal beeilen.

3

Er konnte kaum atmen. Der Arm drückte ihm die Luft ab. Im Schwitzkasten gefangen, versuchte Nick sich zu befreien. Aber Hardy hielt ihn eisern fest und zerrte ihn vorwärts. Die Naht der Jacke scheuerte auf Nicks Wange. Mit einer Hand umklammerte er seine Brille, mit der anderen schlug er verzweifelt auf Hardys Unterarm. Er hatte Tränen in den Augen, sodass er den Flur nur verschwommen erkennen konnte. Micha ging voran, zur Kellertreppe.

»Du mieser Penner«, raunte ihm Hardy ins Ohr. »Schonzeit ist vorbei.« Er versetzte dem Kleineren eine schmerzhafte Kopfnuss.

»Luft ...«, röchelte Nick. Sein Gesicht brannte ebenso sehr wie seine Lungen.

»Lass ihn atmen«, rief Micha und lachte. »Der kleine Scheißer soll wissen, was ihn erwartet.«

Der Schraubstock um seinen Hals löste sich etwas. Gierig sog Nick die Luft ein und hustete.

»Eine Kellerlektion. Vielleicht lernst du dann.« Wieder bekam er einen Schlag verpasst. Blind versuchte er sich mit der freien Hand zu schützen. Vergeblich. Der andere war stärker.

»Was ... wollt ... ihr?«, brachte er hervor. Gleich hatten sie die Treppe erreicht. Nick bekam Panik und drehte verzweifelt den Kopf. Da unten würde keiner mitkriegen, dass die ihn verprügelten. »Was?«

»Petzen verdreschen. Ein Exempel statuieren.« Hardy wuschelte ihm grob durch die Haare. »Sich hinter Fatty zu verstecken war schon blöd von dir. Aber wir haben ihm den Gefallen getan und ein bisschen still gehalten. Uns dann aber noch bei der ollen Burger anzuschwärzen …«

Nick biss die Zähne zusammen. Seine Gedanken rasten. Fatty? Was war mit Fatty? Wieso verstecken? Hatte der Micha und Hardy gebeten, ihn in Ruhe zu lassen? Das hätte der niemals getan. Und Frau Burger? Die Vertrauenslehrerin, an die hatte Nick wirklich schon mal gedacht. Aber er hatte ihr nie was gesagt. Eben weil er wusste, dass die beiden ihn dafür kassieren würden. O Mann, die mussten vielleicht sauer sein! »Ich war das nicht!«, kreischte er und stemmte sich mit aller Kraft gegen den Oberstufenschüler. Warum war er auch so lange im Computerraum geblieben? Jetzt, um drei Uhr nachmittags, war niemand mehr im Sankt Anna! Die zwei hatten nur darauf gelauert, ihn alleine zu erwischen. »Ich war es nicht!« Jetzt liefen ihm die Tränen über die Wangen.

»Klar, und ich bin der Papst«, höhnte Micha und stieg die Stufen hinab.

»Hilfe!«, schrie Nick, so laut er konnte. »Hilfe!« Irgendjemand musste doch da sein und ihn hören. »Hil…« Hardys Hand presste sich auf Mund und Nase. Sie stank nach Zigarettenqualm. Nick musste würgen.

»Schnauze!«

Ziellos begann Nick um sich zu schlagen. Nicht in den

Keller! Seine Faust traf die Brust des anderen, aber er konnte kaum ausholen. Jetzt sah er die Treppe vor sich. Micha war schon halb unten. Nicks Finger zerrten an Hardys Hemd, krallten sich schmerzhaft darin fest.

»Halt still, Blödmann!« Die Kopfnuss ließ Sterne hinter Nicks Augen aufblitzen. Er bekam fast keine Luft mehr. Seine Hand rutschte vom Hemd ab und fasste erneut zu. Da, zwischen seinen Fingern ... das dünne Band von Hardys Lederkrawatte ... Er griff zu.

»Hey, Pfoten ...« Der Größere brachte den Satz nicht zu Ende. Mit aller Kraft riss Nick am Schlips. Zog, während er gleichzeitig versuchte, freizukommen.

»Urgh ...« Er hörte Hardy grunzen und zerrte noch etwas fester.

Plötzlich taumelte er zurück. Frei! Nick japste nach Luft und wischte sich mit der Hand über das Gesicht.

»Verdammt!« Micha hetzte die Stufen hinauf. Hardy war mit hochrotem Kopf damit beschäftigt, den Schlips zu lockern.

Weg! Nichts wie weg! Nick drehte sich um und rannte los. Den Säulengang entlang. Noch hatte er einen kleinen Vorsprung. Mit zitternden Händen setzte er im Laufen seine Brille auf. Jetzt konnte er wenigstens richtig sehen. Seine Schritte flogen über den polierten Steinboden. Wohin? Durch die Tür, noch weiter ins Innere der Schule. Und dann? Nach oben, zu den Klassenzimmern? Die waren abgeschlossen und bestimmt niemand mehr da. Der Hauptausgang lag hinter ihm, da kam er nicht raus. Er wollte schreien, aber sämtlichen Atem brauchte er zum

Laufen. Nick schlidderte um eine Ecke: Der naturwissenschaftliche Trakt. Keuchend stieß er die Glastür auf. Vorbei an den Chemieräumen. Links gab es einen Seitenausgang. Dahinter befand sich der rettende Schulhof. Er rüttelte einmal verzweifelt am Griff. Zu! Über die Schulter sah er Micha um die Ecke biegen. Die Tür zu den Lehrmittelräumen. Der Kartenraum – abgeschlossen! Krachend flog die Flurtür auf. Gleich hatten sie ihn! Nick drückte panisch gegen die nächste Tür. Sie war offen! Er stolperte vorwärts in den Raum mit den Schaukästen. Ein Fuchs in Lauerstellung. Eine Elster im Flug. Alle ausgestopft. Dennoch schienen die Glasaugen ihn zu beobachten. Dazwischen Skelette von Nagetieren und einzelne Knochen. Vorbei an den Vitrinen mit dem Zeug der Humanbiologie – ein menschlicher Schädel, ein Plastiktorso mit Organen zum Herausnehmen. Gerade als Micha hinter ihm in den Raum polterte, rutschte Nick um einen der Schränke. Er stand in der Mitte des Zimmers und reichte bis unter die Decke. Auf allen vieren krabbelte er weiter. Viele Verstecke gab es hier nicht. Aber einen weiteren Durchgang. Nick biss die Zähne zusammen und atmete durch die Nase. Bloß keinen Lärm machen! Er lauschte, aber außer seinem rasenden Puls war nichts zu hören. Scheinbar wartete sein Verfolger an der Tür. Jetzt näherten sich schwere Schritte und Hardy sagte: »Wo ist der Scheißkerl?«

Micha lachte leise: »Ist hier rein! Ich bleibe an der Tür, falls er abhauen will.«

»Den kauf ich mir!«

Jetzt! Hastig kroch Nick vorwärts. Noch ein Raum voller Regale und Schaukästen. Die geologische Sammlung. Er bekam Seitenstiche. Rechts vor dem Fenster standen zwei Schreibtische mit eingeschalteten Monitoren, über die der Linux-Pinguin wanderte. Nick könnte sich unter einen der Tische kauern. Aber dort würde Hardy ihn sofort finden. Dessen schwere Schritte nebenan waren kaum zu überhören. Es blieb keine Zeit. Weiter. Nick schwitzte, seine Brillengläser waren verschmiert. Am liebsten hätte er losgeheult, aber das ging nun absolut nicht. Um einen der Schränke herum. Da, unter einem Holzregal war Platz. Wenn er sich ganz flach auf den Bauch legte, dann müsste es gehen. Er presste sich auf den Linoleumboden und rutschte vorwärts. Das Regal war etwas mehr als einen halben Meter tief. Bis ganz zur Wand. Gut so! Viel dicker hätte er nicht sein dürfen. Ihm wurde schlecht. Dieser muffige Geruch … Nick zwang sich, langsam zu atmen. Ganz leise. Der Boden war klebrig und fühlte sich eklig an unter Händen und Kinn.

Jetzt war Hardy hier drinnen. Nick konnte seine Silhouette erkennen. Er schaute unter den Schreibtischen nach. Bestimmt würde er ihn gleich finden! Die klobigen Schuhe kamen näher. Schwarze mit Stahlkappen. Sie gingen an ihm vorbei. So dicht, dass Nick die Kratzer im Leder sehen konnte.

»Mach's nicht noch schlimmer, du Pisser. Ich finde dich. Hier kommst du nicht raus!«

Eine einzelne Träne kullerte über Nicks Wange. Er biss sich auf die Unterlippe. Gleich war Hardy einmal um den

Schrank in der Mitte gegangen. Wenn er ihn dann nicht gefunden hatte, würde er bestimmt genauer suchen. »Komm schon, Blödmann!«

Plötzlich war der Drang, aus seinem Versteck zu krabbeln und wegzulaufen, übermächtig. Egal, ob er eine Chance hatte oder nicht. Hier unten war es eng und stickig, man konnte kaum Luft holen. Nein! Nick drückte sich noch fester gegen die Wand. Hörte Hardy nicht sein Herz hämmern?

Wieder näherten sich die Schritte und Hardys Schatten, der nun zum Greifen nahe neben Nick entlangglitt. Langsam, offenbar nahm er jedes mögliche Versteck in Augenschein. Gleich ... gleich musste er ihn finden. Sollte er schreien? Oder alles über sich ergehen lassen? Jetzt stand er direkt vor dem Regal!

»Hey, Hardy, da kommt jemand!«, zischte Micha von nebenan. »Los, raus da. Einer von den Lehrern und ein Junge. Die wollen hier hin!«

»Ach, verdammt.« Hardy stapfte wütend davon. In der Tür hielt er inne und knurrte: »Mit dir bin ich noch nicht fertig, Ulmer. Verlass dich drauf.« Dann war es still. Nick lauschte angestrengt, aber die Tür zum Gang war wohl zu. War das ein Trick, um ihn rauszulocken? Aber es war nichts zu hören, er war mit Sicherheit allein. Mit einem Schluchzen atmete er aus. Seine Finger waren total verkrampft. Er schloss die Augen und legte den Kopf ab, egal wie dreckig der Boden war. Ihm war übel, ein ganz flaues Gefühl hatte sich in seinem Magen ausgebreitet. Er musste hier erst einmal verschwinden, zusehen, dass er aus der

Schule kam. Am besten kletterte er über den Zaun am Pausenhof. Und dann ... dann würden sie ihn morgen erwischen. Oder übermorgen. Und mit jedem Tag Warten würde es am Ende schlimmer werden. Er konnte überhaupt nichts dagegen tun. Wenn er zur Burger rannte und alles erzählte? Was sollte die machen? Mit den beiden reden? Lächerlich! Wie kamen die überhaupt darauf, dass er bei der gepetzt hatte? Das war Unsinn ...

Er schrak zusammen. Die Tür nebenan war zugefallen, jemand war hereingekommen. Wenn die noch mal nach ihm suchten? Er hätte durch das Fenster verduften sollen, sofort. Jetzt war es zu spät. Da, Schritte ... sie kamen hierher. Jetzt waren sie drüben bei den Computern. Hörte das denn nie auf? Er konnte nicht mehr! Nick begann zu weinen. Wie sehr er sich auch bemühte, er konnte es nicht verhindern.

Weiße Turnschuhe näherten sich, darüber die Hosenbeine einer alten Jeans. Trug Micha solche Treter? Aber waren die so klein? Nicks Augen tränten, er konnte kaum etwas sehen. Jetzt haben sie mich. Ein tiefer Schluchzer entstieg seiner Kehle.

»Nick?« Sein Herz machte einen Sprung. Eine weiche Stimme. Von einem Mädchen. Er zwinkerte die Tränen weg. Das war ... »Mann, Nick, was machst du denn hier?« ... Lena. Die Nase mit den Sommersprossen. Das blonde Strubbelhaar.

Er ließ erschöpft den Kopf sinken. Lena.

Sie kniete sich hin und sah ihn aus hellblauen Augen an. »Alles klar bei dir? Was treibst du da unten?«

»Verstecken«, flüsterte er mit geschlossenen Lidern.

»Vor mir?«, fragte sie irritiert und dann schien es ihr klar zu werden: »Vor den beiden Pennern da draußen?« Mehr als ein schwaches Nicken brachte er nicht zustande. »Die sind weg, als sie mich und den Hausmeister gesehen haben. Du kannst rauskommen.«

Langsam hob er die Lider. Sie hielt ihm eine Hand hin und half ihm, unter dem Regal hervorzukriechen. Ihm tat alles weh. Er lehnte sich gegen eine Vitrine, Lena hockte sich ihm gegenüber. Als Erstes musste er seine Brille putzen.

Sie blickte ihn ernst an: »So schlimm?«

Nick stieß die Luft aus, dann seufzte er gequält. »Ja«, antwortete er mit krächzender Stimme. Er legte eine Hand an den Hals. Jetzt, wo die Anspannung so abrupt nachließ, fühlte er sich völlig zerschlagen. Den Hinterkopf gegen die kühle Glasscheibe gelehnt, starrte er an die Decke.

»Am besten gehen wir gleich zum Reißner, der läuft hier noch irgendwo rum.« Lena machte ein entschlossenes Gesicht.

»Lieber nicht«, erwiderte Nick schwach. Er wollte einfach hier sitzen bleiben. Am liebsten für immer. Niemand, der es auf ihn abgesehen hatte, keine Erwachsenen. Nur er. Und Lena.

»Spinnst du? Du kannst dich von denen doch nicht terrorisieren lassen!«

»Der Reißner kann mich nicht leiden und ich ihn auch nicht.«

»Dann zur Burger. Als Vertrauenslehrerin ist die ganz in Ordnung. Die schleift deren Ärsche schneller zum Direx, als du gucken kannst.«

Er schüttelte den Kopf: »Tut sie nicht. Die redet erst mit denen und dann wird es noch schlimmer.«

»Geht das schon lange so?«

»Na, ja ... Immer wieder mal. Die letzten Monate war irgendwie Ruhe. Ich dachte schon, die interessierten sich nicht mehr für mich. Ein paar komische Blicke und so, aber ansonsten nichts. Da ich ihnen ohnehin aus dem Weg gegangen bin, war eigentlich alles okay.« Nachdenklich rückte er seine Brille zurecht. »Warum die plötzlich den Affen kriegen und austicken, weiß ich auch nicht. Ich habe denen echt keinen Grund gegeben.«

»So was brauchen die doch nicht. Das ist reines Mobbing. Eigentlich müssten die dafür von der Schule fliegen. Hardy zumindest. Einen Verweis hat er schon mal fast kassiert. Hat angeblich einen Rechner aus der Schule geklaut, aber nachweisen konnten die ihm das nicht.«

»Das habe ich mir alles schon tausendmal überlegt. Wenn ich was unternehme, dann werden die nur sauer. Und wenn die wegen mir von der Schule fliegen, machen die mich total fertig.«

»Und was willst du stattdessen tun?« Sie schaute ihn so eindringlich an, dass er den Blick abwenden musste.

»Da muss ich durch. Nächstes Jahr sind die fertig mit der Zwölf.«

»Und wenn nicht? Die sehen so aus, als könnten sie gut 'ne Extrarunde drehen.«

Nick lächelte schief: »Dann sollte ich ihnen lieber Nachhilfe geben.«

Lena musste lachen und auch er begann zu kichern. Zwar fühlte er sich noch immer elend, aber jetzt war es nicht mehr so schlimm.

»Nein, ernsthaft, das geht so nicht. Die machen dich krank mit ihrem Mist. Wenn du nicht zu den Lehrern willst ... was ist mit deinen Eltern?«

»Bloß nicht! Meine Mutter würde total hysterisch. Vermutlich würde die mich jeden Tag zur Schule bringen. Und mein Vater lebt in Hamburg, der könnte hier gar nichts ausrichten.«

»Ein älterer Bruder wäre gut. Oder kennst du jemanden in der Oberstufe?«

»Nee, nicht wirklich. Außerdem will ich nicht, dass sich da jemand einmischt. Dann respektieren Micha und Hardy mich noch weniger.« Er rieb sich die Stirn. »Ich weiß auch nicht, wie die darauf kommen, dass ich irgendetwas zu Fatty gesagt hätte. Das verstehe ich nicht. Von alleine kommt der doch gar nicht auf die Idee, mich zu schützen.«

Lena saugte an ihrer Unterlippe und schaute etwas betreten drein: »Ach, das ...« Jetzt vermied sie es, ihn anzusehen.

»Warst du das?« Der Gedanke ließ ihn rot werden. Wusste Lena etwa ... Aber so viel hatten sie doch gar nicht miteinander zu tun. Er kannte sie kaum. Hauptsächlich wegen ihrer Arbeit an der Schwarzlichter-Site. Lena betreute die ganzen technischen Sachen der

Community, die Marie, Peggy und er im letzten Jahr online gestellt hatten. Dort hatten sie auch auf die Sache mit dem Einbruch in die Werkstatt von Maries Patenonkel aufmerksam gemacht. Peggy stellte auf der Site auch ihre Fotos aus und er selbst hatte sich schon mit einigen anderen Usern angefreundet. Mittlerweile war da ganz gut was los.

Lena seufzte: »Marie ... Sie hat mir bei einer Bandprobe was davon erzählt.«

»Marie?!« Klar, wer sonst. Der hatte er die Sache mal anvertraut. Aber er hatte sie nicht gebeten, ihm zu helfen. Das musste ihre eigene Idee gewesen sein. Kein Wunder, dass Micha und Hardy ihn so angesehen hatten. Jetzt war er der größte Depp! Und vermutlich war sie auch zur Burger gedackelt. Das wäre typisch. Mit der verstand sie sich nämlich blendend.

»Hey, sei nicht sauer auf Marie.« Lena stupste ihn an. »Sie wollte dir nur helfen.«

»Die hätte mich wenigstens fragen können! Da macht die so einen Kackdreck!« Jetzt lief er vor Zorn rot an. »Die hat echt keine Ahnung, wie das ist! Nur weil die vor niemandem Angst hat, muss die doch nicht so einen Mist bauen! Ich ... ich ...«

»Komm schon, beruhige dich.« Lena musterte ihn skeptisch, musste aber schmunzeln.

Er blickte sie unsicher an. »Was denn? Ich darf ja wohl wütend sein!«

»Klar darfst du das. Es ist nur ... so kennt man dich gar nicht. Du bist sonst immer total höflich und ruhig.«

»Ja, nun …« Nick wusste nicht, was er darauf sagen sollte. Seine Wut war schon wieder verraucht. Hatte sie das als Kompliment gemeint? Er suchte angestrengt nach einer Antwort, aber alles, was kam, war … nichts. Und auch Lena schwieg. Verstohlen schielte Nick zu ihr hinüber.

Ihm war gar nicht aufgefallen, wie nett sie eigentlich war.

Schließlich zuckte er mit den Schultern. »Die kriegen sich schon wieder ein. So lange gehe ich ihnen eben aus dem Weg und sehe zu, dass ich hier nicht alleine unterwegs bin.« Er versuchte locker zu tun. Was blieb ihm auch sonst übrig?

Lena schien das aber nicht zu überzeugen. Sie seufzte, schüttelte den Kopf und meinte schließlich: »Das ist deine Entscheidung, die kann dir niemand abnehmen. Aber ich finde, du solltest mit jemandem sprechen. Mobbing ist das Letzte.« Dann, nach einer Pause: »Aber wenn du mal jemanden brauchst, der dich zum Bio-Trakt begleitet, dann sag was. Ich bin hier fast zu Hause. Und wenn die zwei Stinker mir auch nur zu nahe kommen, sind sie fällig.« Sie klopfte sich auf die Oberschenkel.

»Echt? Ich meine, du würdest mir Geleitschutz geben? Findest du nicht, dass ich … feige bin oder so?«

»Du musst selbst wissen, wie mutig du sein willst. Du bist in Ordnung, das zählt.« Täuschte er sich oder wurde Lena auch ein bisschen rot? Genau sagen konnte er es nicht, weil sie aufstand und zu den Computern hinüberging.

Er wischte sich die Hände an der Hose ab und folgte ihr. »Was machst du da eigentlich?« Über beide Monitore liefen lange Reihen von Zahlen.

Lena hatte sich hingesetzt und eine Eingabemaske aufgerufen, in die sie zu tippen begann. »Das ist eine Auswertung des SETI-Programms. Ich darf die beiden Rechner hier von morgens bis nachmittags laufen lassen.«

»Das dient zur Analyse von Daten aus dem Weltall, oder? Der Suche nach Außerirdischen.«

»Ganz genau.« Sie deutete auf ihr T-Shirt mit dem Aliengesicht. »Kennst du dich damit aus?«

»Vage. Du kriegst Daten von einem NASA-Satelliten und entschlüsselst sie.«

»Nicht nur ich, sondern User überall auf der Welt. Die Daten kommen von der UC Berkeley. Jeder trägt ein bisschen dazu bei, nach Signalen aus dem All zu suchen. Eine Open-Source-Alien-Suche, kurz OSAS.« Sie grinste.

»Das kannte ich noch nicht.«

»Ist auch ausgedacht. Aber OSAS klingt doch gut, oder?« Sie speicherte ein paar Einstellungen ab und schaltete die Rechner aus. »Zeit, abzuhauen.«

Sie gingen nach draußen. »Du hast einen Schlüssel für die Lehrmittelräume?«

Lena stopfte den Schlüsselbund in ihren Rucksack zurück. »Nur für den Trakt der Naturwissenschaft. Aber posaune das bitte nicht herum.«

»Keine Angst, ich kann schweigen.«

»Hab ich mir gedacht. Mein Fahrrad steht am Lehrerparkplatz.«

Sie verließen die Schule durch den Hauptausgang. Unruhig sah Nick sich um, aber von Micha und Hardy keine Spur. Er atmete erleichtert aus.

»Du fährst nach Deutz, oder?«

»Eigentlich Mülheim, genau auf der Grenze«, erklärte er.

»Richtig, Gaußstraße, oder? Die kann ich mir gut merken.« Ihr Fahrrad war an einen Laternenpfahl gekettet.

Er nickte abwesend. Lena wusste aber gut über ihn Bescheid. Vermutlich von Marie.

»Halt mal meinen Rucksack, ich muss meinen CB-Funk dranbasteln.« Sie holte einen schwarzen Empfänger hervor und klemmte ihn an das Lenkrad. »Und nein, ich habe noch keinen Kontakt zum Mars«, fügte sie spitz hinzu.

»Ich habe doch gar nichts gesagt.«

»Sorry, aber Marie drückt mir den Spruch immer rein, wenn sie die Kiste sieht. Dabei guckt sie dann so komisch.«

Nick lächelte: »Das ist ja nun nichts Neues.« Es war total angenehm mit Lena. Man konnte sich super mit ihr unterhalten und lustig war sie auch. Er strahlte sie an.

»Meinen Rucksack.«

»Häh?«

»Der da.« Sie stupste den Rucksack in seiner Hand an.

»Oh ... klar.« Er konnte spüren, wie seine Ohren rot wurden.

»Danke. Sehen wir uns morgen?«

»Äh ...« Nicht nur die Ohren, auch seine Wangen. War

das jetzt eine Verabredung? So schnell? Was sollte er antworten? »Samstag? Also ...«

»Peggys Fete?«

»Klar, die Party!« Hatte er total vergessen. »Du bist auch da?«

»Yes, Sir.«

»Cool.« Er lächelte wieder.

Lena kletterte auf den Sattel, drehte am Empfänger und zwinkerte ihm zu: »Dann bis morgen. Ich muss noch ihr Geschenk besorgen. Eine Hello Kitty aus Plüsch.« Damit trat sie in die Pedale. Nick blickte der wippenden Antenne nach, bis sie um eine Ecke verschwunden war.

Es dauerte lange, ehe er sich auf den Heimweg machte. Er war völlig fertig. Micha und Hardy saßen ihm noch in den Knochen. Das würde nächste Woche nicht gerade prickelnd werden.

Doch vor Montag kam Samstag. Peggys Party. Und Lena würde auch da sein.

4

Vor der Stereoanlage tanzten zwei Mädchen aus Peggys Klasse. Tussis. Das Wohnzimmer der Heislers war für die Party umgeräumt worden. Die Sitzgarnitur an die Wand gerückt und mit Stofftüchern abgedeckt. Marie hockte etwas abseits auf einem Stuhl und beobachtete missmutig die Tanzenden. Zwei von den vielen Zicken, die sie nicht leiden konnte. Oder die sie nicht leiden konnten. Kam auf das Gleiche raus.

Die Tür zum Garten stand offen, es war heute warm genug dafür. Am Pool saß ein Pärchen und knutschte.

Marie nippte an ihrem Rotwein und hielt das Glas gegen das Licht. So gefärbt sahen die meisten Leute schlichtweg besser aus. Es war das dritte Gläschen und so langsam spürte sie die Wirkung. Betrinken wollte sie sich eigentlich nicht, obwohl sie für kurz nach elf ganz gut dabei war. Und obwohl es sicherlich ein paar Gründe gab. Ihr Blick schweifte zu Nick hinüber, der an der Tür zur Küche stand. Normalerweise war er es, der auf Partys gelangweilt in einer Ecke saß. Aber heute quatschte er schon den ganzen Abend mit Lena. Marie beachtete er kaum. Junge, der war richtig sauer gewesen. *Angepisst* traf es wohl besser. Dabei hatte sie es nur gut gemeint. Und eine Weile hatte er ja auch Ruhe vor Micha und Hardy gehabt. Keine Ahnung, warum die jetzt wieder so aufdrehten.

Frau Burger hatte ihr versprochen, keine Namen zu nennen. Vielleicht wusste Ferdinand, was mit den beiden los war. Doch der war heute völlig neben der Spur. Sie reckte den Kopf, konnte ihn aber nirgends entdecken. Der hatte dem Kölsch schon reichlich zugesprochen. Ziemlich reichlich.

Unbewusst hatte Marie ihr Handy hervorgeholt und die Tastensperre gelöst. Beinahe widerwillig blätterte sie durch ihre SMS-Liste. Nellys Nachricht von heute: *Liebe Marie, so richtig überraschend kommt es bestimmt nicht … Ich glaube, es ist das Beste, wenn wir uns erst mal nicht mehr sehen. Jetzt ist es raus. Tut mir leid, aber ich brauche etwas Abstand. Wir können gerne reden. Ich weiß nicht, ob du mich verstehst, auch wenn du die Gründe kennst. Danke für alles! Deine Nell*

Ja, wirklich nichts Neues. Marie seufzte, es war wohl nie ideal mit ihnen gewesen. Richtig traurig war sie wegen der Trennung auch nicht. Aber deprimiert und enttäuscht. Zum einen wegen der SMS an sich – ein Brief oder mindestens eine längere E-Mail wären drin gewesen. Zum anderen wegen Nellys Zögern und dem Trara mit ihren Eltern. Denen hatte sie nämlich nie so klar gesagt, dass sie mit einem Mädchen zusammen war.

Wie gut, dass Maries Eltern da völlig entspannt waren. Sie durfte nur keine Spießer anschleppen.

»Darf ich dir noch etwas einschenken?« Eine Weinflasche schob sich in ihr Blickfeld. »Was ist los? Du ziehst ein Gesicht, als könntest du Alkohol vertragen. Wir haben auch Wodkagummibärchen in der Küche.« Sissy goss das Glas fast bis zum Rand voll und setzte sich neben sie. Zwei Jahre älter als ihre Schwester, sah sie wie eine erwachsene Ausgabe von Peggy aus. Ein bisschen größer, etwas voller, ihr blondes Haar weniger lockig. Sie trug einen kurzen Rock, ein weißes Hemd und eine Krawatte mit Schottenmuster. Noch ein paar Jahre und sie würde ganz aussehen wie ihre Mutter.

»Och, nur das Übliche. Keine Kohle und Beziehungsstress.«

»Wie langweilig. Ich dachte, es passiert mal was.«

»Eben nicht. Wie steht es in der Schweiz?«

»Recht gut. Nächstes Jahr bin ich mit der Schule fertig. Wenn Paps nichts dagegen hat, werde ich in Zürich studieren. Design, falls die mich nehmen.«

»Nicht schlecht.«

»Schon okay. Ihr wolltet mich doch immer mal besuchen kommen.«

Marie hob entschuldigend die Hand und kleckerte sich Wein auf die Finger. »Mal abgesehen von *keine Kohle* liegt das nicht an mir, sondern an deinem Fräulein Schwester. Seit die ihren Schnuckiputzi hat, ist kaum noch was mit Wegfahren.«

»Du meinst Fatty?« Sissy verzog den Mund. »Ist das nicht auch ein Freund von dir?«

»Ein Bandkollege und Freund, ja.«

»Der ist schon sturzbesoffen. Wenn er könnte, würde er sich direkt unter das Kölschfässchen legen.«

»Sind halt nicht so ganz seine Leute hier.«

Sissy sog die Unterlippe ein und beugte sich vor: »Nee,

das ist es nicht.« Sie senkte die Stimme: »Davon sagst du meiner Schwester aber nichts, okay? Eben in der Küche hat er mich voll angebaggert. Ich dachte, ich höre nicht richtig.«

»Das darfst du nicht so ernst nehmen. Der ist ein Idiot! Vermutlich ist er so dicht, dass er dich und Peggy nicht mehr auseinanderhalten kann.«

»Kann sein. Erst hat er mich Angelika oder so genannt, dann Peggy. Als ich ihm verklickert habe, wer ich bin, hat er trotzdem nicht aufgehört.«

»Ignorier ihn einfach, wenn es geht. Peggy sollten wir das aber lieber nicht stecken. So was kann die heute echt nicht gebrauchen.« Marie starrte in ihr Weinglas. Seit Ferdinand aus dem Krankenhaus gekommen war, ließ er sich ziemlich gehen. Stur wie er war, konnte man aber auch kaum mit ihm reden.

»Ich dreh mal wieder eine Runde. War nett, mit dir zu plaudern, Marie.« Sissy berührte sie an der Schulter und schlenderte, die Weinflasche schwenkend, davon. Ein paar Jungs sahen ihr nach.

Nick und Lena redeten immer noch. So kannte man die beiden gar nicht. Marie überlegte, sich zu ihnen zu gesellen, entschied sich aber schnell dagegen. Sie wollte nicht das fünfte Rad am Wagen sein.

Eigentlich hatte sie Lust zu tanzen. Aber vor dem Kamin hüpften immer noch die Zicken rum, dass musste sie sich nicht geben. Obwohl ... eine von ihnen erinnerte sie vage an Claire. Wie es der wohl ging? Sie hätte sie nach ihrer Handynummer fragen sollen. Aber das wäre vielleicht doch ein bisschen aufdringlich gewesen. Allerdings hätte sie Claire zu Peggys Fete einladen können. Na, so musste sie bis Mittwoch warten. Trotzdem, der Gedanke an das Mädchen hob ihre Stimmung. Claire war wirklich verdammt süß.

Marie stand auf, um zur Toilette zu gehen. Die war was Besonderes im Hause Heisler: WC mit Musik. Sobald das Licht anging, erklang entspannende Fahrstuhlmusik. Jetzt war allerdings besetzt, ein anderes Mädchen wartete auch schon. Marie überlegte, nach oben zu gehen, als die Tür aufgestoßen wurde. Ferdinand kam heraus. Junge, sah der übel aus. Das Hemd hing ihm halb aus der Hose, die er mit Wasser bespritzt hatte. Seine gegelten Haare waren wirr verklebt und seine Augen gerötet. Als er an ihr vorbeiwankte, schien er sie gar nicht zu erkennen. Dafür stank er wie ein Aschenbecher. Marie blickte ihm nach, als er ins Wohnzimmer zurückging. Na, herzlichen Glückwunsch, Peggy. Dann klopfte sie drängend gegen die Klotür. »Tempo da drin!«

Fatty stand auf dem Flur und stopfte sich umständlich das Hemd in die Hose. Mann, war das ein Haus. Beim Pissen musste man sogar noch scheiß Musik hören. Außerdem war alles wie geleckt hier – goldene Wasserhähne, verzierte Keramik. Und sein Gesicht im Spiegel, blumenumkränzt. Passte da überhaupt nicht hin. Wie ein blödes Wildwest-Foto aus dem Phantasialand. Er brauchte frische Luft. Und ein Kölsch. Erst das Bier, dann nach draußen. Überall hingen diese aufgebrezelten Fuzzis herum. Wie um ihn zu begaffen. Er hätte kotzen können. Nein, wirklich. Der Nudelsalat. Mann, starrten die ihn an. Fatty ignorierte die Leute im Flur und stapfte in Richtung Wohnzimmer. Seine Augen brannten. Vielleicht sollte er sich hinsetzen. Aber erst: Kölsch!

Aus der Anlage dröhnte Filter: *Hey Man, Nice Shot*. Das knallte wenigstens ordentlich. War bestimmt von seinen CDs. Die Penner hier hörten das doch nicht. Er bewegte unbewusst den Kopf zur Musik. Bier. Immerhin war die Getränketheke schön leer. Fatty füllte ein Glas und trank die Hälfte aus. Dann zapfte er ein weiteres, vergaß es aber auf dem Fässchen. In den Garten. Vor der Küche turtelten zwei. Fatty blieb stehen und stierte sie an. Zwei Jungs! Mann, und der eine war Nick! Er lachte röhrend. Der Streber! »Na, los …«, grölte er, »knutscht schon!« Ein heftiger Lachanfall schüttelte ihn. O Mann! Wie Nick ihn anstarrte. Augen und Mund weit aufgerissen. Und sein Freund erst … Kam ihm irgendwie bekannt vor, der Kleine.

Er wandte sich schwankend um. Knutschen. Warum sollten die allein den Spaß haben? Fatty machte ein paar Schritte, dann hielt er sich am Sofa fest. Scheiß Gummiboden. In seinem Magen rumorte es. ’ne Kippe wäre jetzt auch nicht schlecht.

Das Licht war gedimmt und zwei farbige Birnen verbreiteten ein bisschen Discostimmung. Vor sich konnte er den Durchgang zur Terrasse sehen. Shit, das war noch ein Stück. Und davor hüpften lauter Lackaffen rum. Er bahnte sich einen Weg durch die sich windenden Leiber.

Alles schwankte. Einmal bekam er einen Stoß in die Seite und wäre fast gestürzt. Immerhin dachte er etwas versetzt daran, sich mit seinem Ellenbogen zu revanchieren.

Da, da tanzte *sie*. Er erkannte ihre Schiebermütze mit dem schwarz-weißen Muster. Fatty steuerte auf sie zu. Jetzt konnte er sich seinen Kuss abholen. Wollten die um ihn herum nicht mal stillhalten? Verdammt, wie viele Leute waren das denn? Bestimmt so an die Hundert. Und alle mussten tanzen, wenn er zu Peggy wollte. Mann, was hatte er einen Geschmack im Mund. Wo war eigentlich sein Kölsch? Schwer atmend schob er ein Pärchen auseinander. Endlich. Das war seine Freundin, die hatte immerhin die Mütze auf. Nicht ihr beschissenes Double. Wie viele Doppelgängerinnen konnte eine überhaupt haben? »Hallo, Peggy«, nuschelte er. Aus den Boxen hämmerte es ziemlich laut, also schrie er noch einmal.

Sie war ganz vertieft in die Musik. Immer wollte sie tanzen. Er machte Musik, aber verdammt noch mal, er war kein Tänzer. Jetzt schaute sie auf. Das Licht schimmerte in ihrem blonden Haar. Hübsch! Er beugte sich vor, streckte einen Arm aus, um sie an sich zu ziehen. Sollten die mal sehen, wie man knutschte. Seine Lippen berührten Stirn, Wangen, endlich ihren Mund.

Aber schon hatte sie sich wieder befreit. Presste ihm eine Hand gegen die Brust. Ihre Augen groß und tief. Alles schien sich darin zu spiegeln. Er musste sie noch einmal küssen. Peggy zierte sich. Vielleicht sagte sie auch was, aber er konnte sie nicht verstehen. Zu viel Lärm um ihn herum. Noch ein Kuss. Er griff wieder nach ihr.

Jetzt schob sie ihn richtig weg. Fatty verlor ein wenig das Gleichgewicht und wankte einen Schritt zurück. Direkt neben ihr stand einer aus Peggys Klasse. Mit dem hatte sie getanzt, klar. Etwa so groß wie er selbst, schlanker. Was mischte der sich ein? Ja, den erkannte er wieder. War ein feiner Privatschulpinkel. Wie geleckt. Sie hatte ihn vorgestellt, aber den Namen hatte er vergessen. Jetzt fing der auch noch an zu labern. Machte Kendo, deshalb erinnerte sich Fatty an ihn. Mal sehen, ob sich Kendo gegen gutes, altes Eisenpumpen bewährte! Seine Hand ballte sich zur Faust. Dem eine reinzuhauen, war jetzt genau das Richtige. Die mussten alles haben, immer! Nun auch noch seine Freundin. Die Muskeln in Fattys Arm schmerzten bereits vor Anstrengung. Warum schlug er nicht zu? Shit, Peggy hielt ihn fest. Er hatte Mühe, den Blick von seinem Gegner zu nehmen und sie anzusehen. Diese Augen. Blaugrün. Fatty versuchte das Brennen wegzuzwinkern. Es half nichts. Sie sagte kein Wort. Sah ihn nur an. Ganz Locken, helle Haut und große Augen.

Sein Zorn entglitt ihm. Die gehobene Hand war keine Faust mehr. Mit einer fahrigen Bewegung wollte er ihr Haar berühren. Irgendetwas sagen. Aber er streifte nur ihre Schulter, aus seiner Kehle stieg ein Knurren. Peggy …

Mit einem Mal wandte er sich ab. Warum lief die Musik nicht mehr? Scheiße! Er taumelte vorwärts. Raus hier. Weg von Peggy. Weg von dem Pack. Dieser Blick … Himmel, der zog etwas in ihm zusammen.

Schwitzend erreichte er die Tür, spürte die kühle Nachtluft auf seiner Stirn. Eine Hand legte sich auf seine

Schulter, aber er schüttelte sie grob ab. Fatty wollte allein sein. »Lasst mich alle in Ruhe!« Es tat gut zu brüllen. Nur raus. Er stolperte über eine Stufe. Auf einer Liege saß ein Pärchen und fummelte. Sie blickten auf, als er vorbeiwankte. »Was glotzt ihr denn so? Habt ihr nichts anderes zu tun?« Arschlöcher! »Arschlöcher!« Besser. Das klang wieder wütend.

Da vorne war der Pool. Gut. Er musste sich hinsetzen. Nur einen Moment. In seinem Inneren brodelte es. Mussten diese beschissenen Wodkagummibärchen sein. Oder der Rotwein. Fatty ließ sich schwerfällig am Beckenrand nieder. Oder das Bier. Mann, was war ihm schlecht.

Die Musik klang jetzt irgendwie sphärisch, abgehoben. Und die Beleuchtung unter Wasser ... tanzende Lichtreflexe auf der Oberfläche. Er beugte sich langsam vor, um besser sehen zu können. Abgefahren! Fatty grinste zufrieden.

Plötzlich verzog er das Gesicht und übergab sich in den Pool. Oh, Shit! Stöhnend wischte er sich über die Lippen und lehnte sich gegen eine der Liegen. Shit.

Dann schloss er die Augen und im nächsten Moment war er eingeschlafen.

5

»Wenigstens du hast Zeit«, grüßte Peggy und umarmte ihn, als er zur Tür hereinkam. Nick versteifte sich etwas, denn normalerweise kamen sie sich nicht so nahe. Marie umarmte sie ständig, Fatty sowieso, aber ihn nicht. Eigenartig. Endlich ließ sie ihn los und er schlüpfte aus seinen alten Turnschuhen.

»Stell sie da ab«, sie wedelte in Richtung einer Matte vor der Treppe. Da standen mindestens acht Paar Schuhe. Alle in ihrer Größe. Seine Treter wirkten daneben total schäbig. »Willst du was trinken? Cola, Bionade, Saft, Tee, Kaffee?«

»Nee.« Er folgte ihr die Treppe hinauf. »Ist der Poolreiniger wegen … du weißt schon was da?« An der Straße hatte er den Kombi der Wartungsfirma gesehen.

Peggy rang die Hände. »Weswegen denn sonst?! Die Schweinerei kann man nicht einfach so wegkriegen. Außerdem ist der Filter verstopft. Bah …«

Sie betraten ihr Zimmer, das penibel aufgeräumt war. »Hast du viel Ärger deswegen gehabt?«

»Ärger?« Peggy ließ sich auf das Sofa unter dem Hochbett fallen. »Meine Eltern sind echt schmerzfrei. Ziemlich locker in allem. Aber dass Fatty in unseren Pool gekotzt hat … O Mann, mein Vater war auf hundertachtzig! Der schwimmt jeden Morgen dreißig Bahnen. Meine Mutter hat die Hände über dem Kopf zusammengeschlagen. Und Sissy hat sich kaputtgelacht. Echt bombig. Mit meinem *Freund* brauche ich hier erst mal nicht mehr aufzutauchen, solange meine Familie zu Hause ist. Party kann ich mir in nächster Zeit auch abschminken. Totaler Oberärger!« Sie schlug ein paarmal wütend auf das Kissen neben sich, auf dem das Logo ihrer Lieblingsserie *Jenseits der Träume* prangte.

»Der war halt absolut betrunken.« Nick hob hilflos die Schultern. Er trank prinzipiell keinen Alkohol, solche Sachen wie mit Fatty waren ein Grund dafür. Schmeckte ihm auch nicht.

»Der war so mies drauf an dem Abend. Diese blöde Sauferei. Fatty muss einfach immer übertreiben. Hat er in der Schule noch was gesagt? Seit Sonntag habe ich nämlich nichts mehr von ihm gehört. Und ohne sein Handy ist er fast nicht zu erreichen.« Peggy klang ziemlich angenervt.

Zu ihrem Beziehungsstress wusste Nick kaum etwas zu sagen. Konnte sie darüber nicht mit Marie reden? Blöd, dass die heute wieder für ihre Mutter jobben musste. »Hat er immer noch kein neues? Also ich habe ihn kaum gesehen. Einmal kurz in der Pause.« Das stimmte. Nick hatte sich im Sankt Anna ziemlich dünnegemacht. Wie gut, dass es die Schulbibliothek gab. Fatty hatte er tatsächlich gesehen – im Gespräch mit Micha und Hardy. »Aber wir haben uns nicht unterhalten.« Bestimmt nicht!

»Das ist alles zum … ziemlich beschissen.« Peggy griff nach einer Flasche Kräuterlimonade. »Die Party wäre richtig genial gewesen, wenn Mr. Fleischer nicht so einen Mist verbockt hätte.«

»Die war doch trotzdem klasse«, versuchte Nick zu trösten. Nicht, dass er viel anderes gemacht hatte, als sich mit Lena zu unterhalten. Aber das war *klasse* gewesen. Am liebsten hätte er davon erzählt, wie gut sie sich verstanden und so. Doch bei ihrem Stress mit Fatty war das bestimmt das Letzte, was Peggy hören wollte. Schade, Lena war einfach …

»He, hörst du mir überhaupt zu?«

»Oh, klar, ich habe nur eben an was denken müssen.« Nick errötete und nahm sich ein paar Erdnüsse aus der Schale auf dem Couchtisch, um Peggy nicht ins Gesicht sehen zu müssen.

»Ich habe dich gefragt, was du zu diesem neuen Eintrag sagst. Wegen Kims Schwester, meine ich. Ich finde, da sollten wir was tun.«

»Deshalb bin ich doch hier. Ich habe aber keinen Schimmer, was. Die kann überall sein. Ob sie überhaupt in Köln ist, weiß keiner.«

»Na ja, diese Kim vermutet das zumindest. Wir können ja trotzdem die Augen nach ihrer Schwester offen halten. Kim hat vermutlich niemanden, den sie sonst fragen könnte. Und die Polizei scheint ja auch keine große Hilfe zu sein. Für so was haben wir immerhin die Community gegründet.«

»Stimmt ja. Ich kann mich nur nicht in jemanden wie Vero hineinversetzen. Von zu Hause abhauen, meine ich. Das finde ich krass. Aber wo wollen wir anfangen?«

Peggy nahm einen tiefen Schluck und starrte auf das *Twin Peaks*-Poster hinter Nick. »Laut dem Eintrag steht Veronica auf Emilie Autumn, Dresden Dolls und so. Das ist eher punkig und schrill, nicht richtig gruftig, aber solche Musik wird auch in Gothic-Discos gespielt.«

»Punkig? Gruftig?« Das war nun gar nicht seine Sache. Eigentlich hörte er kaum Musik.

»Na, so wie ich das verstanden habe, ist sie eben nicht total schwarz. Ich habe mal ein bisschen gesurft. Hier«, Peggy stand auf und ging zum Schreibtisch, um den Monitor anzuschalten. »Sieh dir mal die Fotos an. Das ist Emilie und hier das Duo der Dolls.«

»Ach du je …« Emilie war eine junge Frau mit pinken Haaren, Pippi-Langstrumpf-Zöpfen, zerrissenem T-Shirt, Minirock über Netzstrümpfen und Lackstiefeln. Ihr Gesicht war wie das einer Porzellanpuppe geschminkt, die Lippen blutrot. In der Hand hielt sie eine Geige. Die Sängerin der Dresden Dolls hatte keine Augenbrauen, sondern nur aufgemalte, schwarze Linien. Sie trug eine Korsage und schwarz-weiße Ringelstrümpfe und saß am Klavier. Ihr Partner hatte einen Zylinder auf und war ebenfalls blass geschminkt.

»Guck nicht so, als würden die dich fressen wollen. Willst du mal wissen, was die für Musik machen? Auf ihren Websites gibt es ein paar Songs zum Probehören.«

Nick schüttelte den Kopf: »Nee, das ist bestimmt nichts für mich. Die sehen total schräg aus. Wie dieser komische Marilyn Manson.«

»Na, ein bisschen anders sind die schon. Ihre Musik ist

zwar strange, aber nicht so düster und aggressiv. Glaube ich zumindest.«

»Und was bringt uns das?«

»Solche Sachen werden eben in Gothic-Discos gespielt. Davon gibt es in Köln nicht viele. Der *Dark Club Cologne* ist eine davon, aber da läuft so was nur einmal im Monat und den Termin haben wir verpasst. Dann gibt es noch das *LaLic* am Rathenauplatz, die haben immer am Mittwoch schwarzen Abend. Da wird halt so ein Zeug aufgelegt, aber auch Punk und Achtziger.«

»Das wäre aber Zufall und Glück in einem, wenn Vero ein Discofreak ist und ausgerechnet an dem Abend auftauchen würde.«

»Mensch, davon gehe ich auch gar nicht aus. Aber vielleicht kennt sie da jemand oder hat sie gesehen. Wir können zumindest fragen.«

»Ich weiß nicht. Wir bräuchten ein Foto, das wäre einfacher.«

»Schon bestellt. Ich habe Kim vorhin angemailt und sie um eins gebeten. Womöglich hat sie auch noch ein paar zusätzliche Infos. Einen Versuch ist es wert.«

Nick war aufgefallen, wie Peggy bei ihrer Planung mehr und mehr gute Laune bekam. Als steigerte sie sich in die Sache hinein. »Ich habe mich durch ein paar Gothic-Foren gearbeitet. Die Grufti-Szene in Köln ist anscheinend nicht so groß«, fuhr sie fort. »Wenn du richtig schwarz weggehen willst, musst du schon in den Ruhrpott oder auf eins der Festivals.«

»Ja, wenn Veronica überhaupt in Köln ist …«

Peggy überging seine Bemerkung. Sie war voller Tatendrang. »Ich schlage vor, dass wir uns am Mittwochabend treffen und zusammen hingehen.«

»Das ist aber eher was für Marie und dich. Ich meine ...«

»Die kann an dem Abend nicht!«, fuhr sie ihm dazwischen. Klang sogar ein bisschen wütend dabei. »Hat irgendeine Verabredung.«

»Ja ...« Jetzt fühlte Nick sich doch unangenehm berührt. Peggy war echt aufgekratzt. Hörte sich so an, als wäre sie auch noch sauer auf Marie. Das passierte wirklich nur selten.

»Fatty muss auch kommen, ich habe es schon seiner Mutter ausgerichtet. Wird uns guttun, mal entspannt auszugehen. Da gibt es wenigstens keinen Pool.« Sie grinste, aber richtig fröhlich wirkte sie nicht.

»Dann seid ihr doch schon zu zweit. Reicht das nicht? Ich bin wirklich nicht so der Discotyp.« Um die Wahrheit zu sagen, war er noch nie in einer gewesen.

»Fatty zählt nicht. Der kriegt doch kaum was mit. Und wenn du den losschickst, Leute zu befragen ... Nein, der ist unser Begleitschutz. Aber wir müssen den Rest machen. Du kannst mich jetzt unmöglich im Stich lassen.«

»Ich ... ich ...« Er musste überhaupt erst seine Mutter fragen. Immerhin war das mitten in der Woche, am anderen Tag war Schule. Irgendwie ging ihm das auch alles zu schnell. Aber Peggy hatte scheinbar schon alles geplant und fest vor, diese Veronica zu finden. »Ich muss das erst zu Hause klären.«

»Klar. Wir machen aber eh nur bis zwölf. Wenn nötig, rede ich mit deiner Mutter.«

Das hätte ihm gerade noch gefehlt! »Nee, lass mal. Das mache ich schon selbst. Aber versprechen kann ich nichts. Meine Ma ist da nicht so locker wie deine Eltern.«

»Du bist immerhin alt genug. Besser, als immer nur am PC zu hocken.« Sie sah auf die Uhr über dem Schreibtisch. »Gleich gibt es Abendessen. Willst du bleiben? Dann sage ich Agnes Bescheid. Die kocht gerne eine Portion mehr. Und meinem Vater macht das auch gar nichts aus.« Sie griff zum Haustelefon.

»Danke, danke«, winkte Nick ab, »aber auf mich warten schon Schnitzel und Pommes. Ich muss ohnehin los.«

Peggy zog eine Schnute. »Schade. Bei uns gibt es gefüllte Aubergine. Rein vegetarisch. Wenn meine Mutter nicht da ist, gibt es nur solche Sachen.« Sie seufzte: »Na, vielleicht hat Agnes nachher noch ein paar Würstchen für mich.«

Sie verließen Peggys Zimmer und gingen nach unten. Sie umarmte ihn wieder, ehe er etwas tun konnte. »Lieb, dass du da warst. Wir sehen uns ja dann am Mittwoch. Komm am besten so gegen sieben vorbei, okay? Dann haben wir Zeit, uns zu stylen. Du musst unbedingt schwarze Klamotten mitbringen!« Sie strahlte ihn an, drückte ihn noch mal und ging schließlich hinein.

Einige Zeit stand Nick völlig reglos vor der Haustür. Was war das jetzt gewesen? Warum hatte sie darauf bestanden, dass er unbedingt vorbeikam? Und dann auch noch alleine. Die Sache mit Veronica hätten sie doch auch am Telefon oder per Chat besprechen können. Nick schüttelte den Kopf und trabte vom Grundstück. Irgendwie fühlte er sich völlig überfallen. Zum einen hatte Peggy ihm gerade einen Discoabend aufgeschwatzt, den er nicht wirklich wollte. Zum anderen hatte er das deutliche Gefühl, dass er nur Füllmaterial war, weil weder Marie noch Fatty Zeit hatten. Auch wenn sie anders tat, Peggy schien ganz schön Trouble mit ihrem Freund zu haben. Wenigstens hatte sie nicht angefangen zu weinen. Dafür steigerte sie sich merklich in die Suche nach Veronica hinein. Na, am Mittwoch war Fatty wieder dabei. Und wenn Nick Glück hatte, würde es seine Mutter ohnehin nicht erlauben, in der Woche so spät noch unterwegs zu sein.

6

Fatty zog wütend die Tür hinter sich zu. Die Zahl 2012 prangte darauf, nicht mal ein Namensschild gab es über der Klingel. Er rammte die Fäuste in die Taschen seiner Jeans, unschlüssig, was er unternehmen sollte. Erst mal raus aus dem Scheißladen. Der lange Flur lag verlassen vor ihm, aber keineswegs still. Hier war es nie ganz still. Irgendwo plärrte immer ein Kind, knallte eine Tür oder lief der Fernseher. Dazu roch es entweder nach Putzmittel oder Essen. Seine Sohlen klatschten auf den Fliesenboden. Der Gang erinnerte irgendwie an Krankenhaus – steril und anonym. Davon hatte er für den Rest seines Lebens genug. Immerhin kam der Aufzug heute sofort. Sonst war er meist schneller über die Treppe. Zwei Kiddies waren schon drin. Türken, vermutlich sechste Klasse. Mann, sahen die affig aus mit ihren Caps, die sie nicht richtig aufgezogen hatten. Wenigstens ließen ihn bisher alle in Ruhe. Ein paar blöde Sprüche gab es, aber die interessierten ihn nicht. Wenn es sein musste, würde er sich mit einem von den Checkern prügeln, die auf dem Hof abhingen.

Als er vor die Haustür trat, kramte er nach seinen Kippen. Eine *Burma* konnte keine Wunder wirken, beruhigte aber die Nerven. Das Feuerzeug ging erst beim dritten Versuch an. Genussvoll stieß er den Rauch aus. Besser. Sein Blick wanderte über die Hochhäuser und blieb an seinem neuen Zuhause hängen. Was für ein hässlicher Kasten. Allein schon die Fassade ... sandfarben, sah aber eher aus wie ausgekotzt. Fatty grinste. War wohl sein Motto zurzeit. Mann, war das ein fettes Besäufnis gewesen. Dass er sich in den Pool übergeben hatte ... das war Pech. Peggy war echt ausgerastet. Am Morgen danach war er völlig verkatert gewesen und hatte sich schnell abgeseilt.

Duckterath – what the f... mies, absolut mies. Bis zum Bahnhof war es nicht weit und dann mit der S-Bahn eine Viertelstunde nach Köln. Oder mit dem Bus in ein paar Minuten nach Gladbach. Nicht, dass es da besser war. Keine Klamottenläden, kein Musikgeschäft. Ohne sein Mofa war er hier erledigt. Und das war Schrott. Zumindest, bis er genügend Kohle für die Reparatur zusammenkratzen konnte. Also nie! Klar, wenn er auf Kippen und *Archer's* verzichten würde ... Aber dann könnte er sich gleich einsargen lassen.

Seine Hand spielte mit dem Kleingeld in seiner Tasche. Die Woche war nicht mal halb rum. Auf Dauer konnte das nicht so weitergehen. Irgendwie musste er Asche auftreiben. Einen Job konnte er streichen, das hatte er probiert. Kisten stapeln im Supermarkt. Schuften für ein paar aufgeblasene Spießer. Nicht noch einmal. Zeitungen austragen war was für Kinder. Vielleicht ... nein, den Gedanken hatte er schon mal verworfen. Fatty schüttelte den Kopf. Das ging nicht. Die *Jerry Cotton*-Hefte waren tabu. Ein Geschenk von seinem Vater, bevor der abgehauen war. Vor elf Jahren. Alte Heftchen, ein kompletter Satz.

Musste eine schöne Stange Geld wert sein. Damit könnte er seine *Crane* wieder fit machen. Bus und Bahn waren nur ätzend. Reichte schon, dass er jeden Morgen mit der S11 zur Schule musste. Eigentlich hätte er auch wechseln können. Aufs DBG oder NCG. Aber dazu hatte er keinen Bock. Auf dem Sankt Anna wusste er wenigstens, wie der Hase lief. Fatty knurrte frustriert. Eigentlich rannte der Hase, als sei der Teufel hinter ihm her. Zumindest, was seine Noten anging.

Was also? Sollte er *Jerry Cotton* versetzen? Die ganze Ladung bei Ebay einstellen? Erinnerungen hin oder her, er brauchte dringend Kohle. Von seinem Vater hatte er ja immerhin noch die Briefe und den nutzlosen Schließfachschlüssel. Trotzdem … Er brachte es nicht über sich, die Hefte zu verticken. Genauso wenig wie seine Gitarre. Die brauchte er für die Band. Wenn er wenigstens mit der Musik reich werden könnte. Aber dieses scheiß Üben …

Blieb nichts anderes, als auf ein verdammtes Wunder zu hoffen. Sechshundert Euro. Shit. Er war so dicht dran gewesen. Bis er eine mit dem Kristallaschenbecher verpasst bekommen hatte. Von einer blondhaarigen Tussi. Er rieb sich unwillkürlich die Stelle, wo der Schlag ihn damals erwischt hatte. Die Narbe war nur noch leicht zu spüren.

Manche Leute verfolgte das Pech scheinbar. Da war er wohl wirklich ein Kandidat für. Peggy, Nick oder Marie, die traf irgendwie überhaupt nichts. Nur ihn. Immerzu. Okay, Marie musste ordentlich für eine kaputte Puppe löhnen. Wenigstens etwas. Aber ansonsten …

Fatty bleckte die Zähne. Dass er sich von Marie auch noch hatte breitschlagen lassen, sich in Nicks Angelegenheiten zu mischen – das war auch so eine Scheiße. War es seine Schuld, dass Micha und Hardy den Streber auf der Abschussliste hatten? Wenn er zu lasch war, sich gegen die durchzusetzen, war das Nicks Problem. Nicht Fattys. Aber Marie hatte ja gewollt, dass er sich da reinhängte. Blöde. Micha und Hardy hatten sofort gemerkt, dass das nicht auf seinem Mist gewachsen war. Und jetzt zogen sie ihn damit auf.

Egal, was du tust, manche sind immer die Gearschten. Wütend ballte er die Faust. Aber nicht auf Dauer! Irgendwann musste dieser schlechte Lauf mal ein Ende haben. Dafür würde er schon sorgen!

7

Das *Café Storch* war ein kleiner Laden auf der Aachener, in der Nähe des *Millowitsch*-Theaters. Marie war überpünktlich, fast eine halbe Stunde zu früh. Aber so konnte sie sicher sein, noch einen Platz zu ergattern. Es war nicht gerade wenig los. Hauptsächlich Studenten und Leute, die vom Einkaufen in der Innenstadt kamen. Kleine Tische mit weißen Kerzen, braune Holzstühle, alles ein bisschen eng. An den Wänden hingen bunte Gipsfiguren. In einem altmodischen Glastresen waren Orangen und Limonen aufgeschichtet. Im Hintergrund lief langsamer Jazz, ein bisschen zu laut vielleicht. Von ihrem Stuhl an der Fensterfront konnte Marie den Betrieb auf dem Gehweg beobachten. Ihre Finger spielten nervös mit dem Wachs, das von der Kerze tropfte. Ob sie wirklich kam? So ganz klar hatte Claires Zusage im Nachhinein nicht geklungen. Hoffentlich doch. Immerhin hatte Marie dafür Peggy versetzt. Und die war jetzt ziemlich enttäuscht. Klar, Disco wäre nicht schlecht gewesen. Vor allem das *LaLic*. Und bei der Suche nach Veronica wäre Marie auch gerne dabei gewesen. Aber nicht gerade heute. Das Treffen mit Claire war ihr einfach wichtiger. Nach dem Aus mit Nelly brauchte sie eindeutig was Positives.

Marie besah sich in der Fensterscheibe, zupfte ihre Haare zurecht. Heute Nachmittag hatte sie sich extra eine rote Strähne gefärbt, direkt über der Stirn. Jetzt wollte sie die wachsen lassen, bis es zu einem Pagenschnitt reichte.

»Träumst du?«, riss sie eine Stimme aus ihren Gedanken.

»Nur postapokalyptisch«, antwortete sie mit einem Schmunzeln und wandte sich um. Da stand Claire, die Hände in den Hosentaschen. Marie musste sich zusammennehmen, sie war ein wenig nervös.

»Was soll das denn heißen?« Claire setzte sich auf den Stuhl gegenüber.

»Egal. Ich habe dich gar nicht reinkommen sehen.«

»Ist bei mir so üblich.« Claire musterte sie eindringlich, das Kinn auf die Hände gestützt.

»Zufrieden?«, fragte Marie nach einer Weile und hielt ihr die Speisekarte hin. Claire war wirklich hübsch. Was für Augen. Wunderbar grün, da könnte sie eigentlich ein Gedicht drüber schreiben. Die aufgesprungene Lippe war nicht ganz verheilt und noch leicht geschwollen.

»Kann schon sein …« Sie grinste und blätterte in der Karte. »Was nimmst du?«

»Vanilletee mit aufgeschäumter Milch.«

»Klingt okay, nehme ich auch.«

Die Kellnerin notierte ihre Bestellung, dann saßen sie sich schweigend gegenüber. Gelegentlich begegneten sich ihre Blicke, und keine von beiden wollte die Erste sein, die den Kontakt unterbrach. Marie fand es mittlerweile ziemlich warm im Café und schälte sich aus ihrer schwarzen Wolljacke. Darunter trug sie ein enges, bauchfreies T-Shirt, auf dem ein weißer Schwan zum Fliegen ansetzte.

Claire nickte, aber Marie wusste nicht, ob wegen des Motivs oder weil das Shirt so gut saß.

»Und, was machst du so?«, wollte sie schließlich wissen. Ihr Tee war gekommen und sie rührte Kandiszucker hinein. Nicht unbedingt die coolste Frage, aber irgendwie musste sie ja anfangen. Claire schien nicht gerade eine Plaudertasche zu sein.

»Frei sein«, war die knappe Antwort.

War das eine Anmache? Marie war sich nicht sicher. Meinte sie *frei* im Sinne von *keine Beziehung*? Oder doch eher weiter gefasst? Das war schwieriger als erwartet. Nelly hätte nie so was gesagt. Es gefiel ihr. »Frei?«

»Ja, ist verdammt nicht einfach. Alle Welt hat was dagegen.«

»Du meinst Schule und so?«

»Schule ist für'n Arsch. Die haben Glück, wenn sie mich kriegen.«

»Sehe ich nicht unbedingt so.«

»Bist du 'ne Streberin?« Claire brach Wachsstückchen vom Kerzenhalter ab und bröselte sie auf ihre Untertasse.

Marie errötete leicht: »Das nun nicht gerade. Aber ich find Schule gar nicht so schlimm. Das meiste ist eigentlich total einfach. Und wenn du später studieren willst …«

»Vergiss es, werde ich bestimmt nicht. Für einen Job, in dem ich den Rest meines Lebens maloche? Nein, danke! Ich schlage mich lieber so durch. Gibt spannendere Dinge da draußen, als die Schulbank zu drücken.«

»Nenn mir mal eins«, fragte Marie spitz.

Claire grinste: »Streberinnen aufreißen, zum Beispiel.«

Marie verschluckte sich an ihrem Tee und hustete ein paarmal. Himmel, Claire war definitiv direkter als Nelly. Nachdem sie sich wieder gefangen hatte, erwiderte sie: »Und was, wenn die sich nicht aufreißen lassen wollen?«

»Wer hat mich denn hierher eingeladen, mmh? Das warst wohl du. Und bestimmt nicht, um über den FC zu quatschen.« Ihre Hand beschrieb einen Kreis. Sie hatte sehr feine, lange Finger. Wie es sich wohl anfühlte, wenn sie einen damit berührte?

Marie wurde noch wärmer. »Du nimmst kein Blatt vor den Mund, was?«

»Wozu? Immerhin bin ich hergekommen.«

»Das finde ich ziemlich klasse. Ich hatte nicht unbedingt damit gerechnet.«

»Na, stapel mal nicht so tief. Das T-Shirt ist doch nicht ganz zufällig in der Wäsche eingelaufen.« Sie zwinkerten sich beide verschwörerisch zu.

Beim zweiten Tee fing Marie an zu erzählen. Einfach so, querbeet. Ein bisschen über ihre Familie. Über die Band, über die Community. Hauptsächlich aber über das, was sie später einmal machen wollte. Studieren, reisen, die Welt verändern.

Claire hörte zu, ohne Fragen zu stellen. Sie selbst war nicht sehr redselig, und Marie musste mehrmals bitten, ehe sie ein bisschen aus sich herausging. »Da gibt es nicht viel, das interessant ist. Bei mir zu Hause ist es scheiße, darum gehe ich da nur zum Schlafen hin. Meine Alten streiten sich dauernd, wenn meine Mutter nicht gerade säuft. Meine Geschwister sind die Krätze.« Sie schnippte ein Kandisstückchen auf den Boden. »Hänge ich halt ab und tue, was mir Spaß macht. Meine ... beste Freundin ist so ähnlich drauf.«

»Beste Freundin?«, fragte Marie vorsichtig. Auf die Idee, dass Claire vielleicht schon eine Freundin hatte, war sie noch gar nicht gekommen.

»Wir sind fett befreundet. Gehen zusammen durch die Hölle, wenn du verstehst, was ich meine.« Das sagte Claire ganz cool dahin, aber in ihrer Stimme klang irgendetwas mit, das Marie nicht genau identifizieren konnte. Eine Art Unbehagen.

»Seid ihr ... zusammen?«

»Manchmal ja, manchmal auch nicht. Stört dich das?«

»Keine Ahnung, kommt darauf an ...«

Marie sprach nicht weiter. Wieder sahen sie sich lange in die Augen. Bis Claire auf ihre Armbanduhr schaute: »Ich muss dann mal.«

»Oh, schon fast elf! Mann, hab ich gar nicht gemerkt. Wo musst du hin?« Marie zog die Jacke an und kramte Geld aus ihrer kleinen Armeetasche, die sie als Handtasche benutzte.

»Rudolfplatz und dann zum Wiener Platz.«

»Ich komme noch ein Stück mit. Muss dann in die andere Richtung.« Sie bezahlte. »Du bist eingeladen.«

»Hey, danke.«

Sie gingen nach draußen. Obwohl es mitten in der Woche war, herrschte reger Betrieb. Hauptsächlich junge Leute, die auf den Ringen unterwegs waren. Marie musste an Peggy und die anderen denken, die sich im *LaLic* nach Veronica umhören wollten. »Gehst du in Clubs?« Sie zögerte, sich bei Claire einzuhaken.

»Selten. Manchmal ins *Underground* oder die *Live Music Hall.*«

»Hast du Lust, am Wochenende ein bisschen tanzen zu gehen?«

Sie erreichten die *American Sports Bar*. Drinnen flimmerte Football auf den Fernsehern. »Weiß noch nicht, ich überleg es mir. Kann sein, dass ich schon was vorhabe.«

»Sag einfach, wenn du kannst. Auch kurzfristig, ich bin flexibel. Warte, ich gebe dir meine ...«

»Mensch!« Plötzlich griff Claire nach ihr und bohrte ihre Finger in Maries Arm.

»Aua, du tust mir weh!« Sie hatte sich ziemlich erschreckt.

»Sorry ...« Die andere zog sie näher zu sich heran. »Da, schau mal.« Ihre Hand deutete auf die Rolltreppe am Eingang zur U-Bahn. »Erkennst du das Miststück?«

Marie hatte Mühe, den Blick von ihr zu nehmen, so nah, wie sie ihr jetzt war. Im Neonlicht konnte sie die einzelnen Sommersprossen zählen. Wie Claire wohl duftete?

»Komm schon, sie haut ab. Ich will hinterher.« Sie zog Marie mit sich zum U-Bahn-Schacht.

»Vorsicht ... was ist denn überhaupt los?«

»Da vorne, sie geht gerade zum Bahnsteig.«

Jetzt erst erkannte Marie das Mädchen. Es war die Schlägerin mit den blonden Strähnen im Haar. Sie trug sogar die weiße Jacke. »Du hast recht, das ist eine von ihnen.«

»Mach langsam. Sie hat uns noch nicht gesehen.«

»Was hast du vor?«

»An ihr dranbleiben. Immerhin habe ich noch eine Rechnung mit ihr offen. Bist du dabei?«

8

Die Villa der Heislers lag hell erleuchtet vor ihm, obwohl es noch gar nicht richtig dunkel war. Nick war immer wieder beeindruckt, wie groß das Haus und der Garten waren. Und wie schön Köln-Lindenthal allgemein war. Davon konnte er nur träumen. Jetzt war er schon zum zweiten Mal innerhalb von drei Tagen hier. Dabei hatte er eigentlich fest damit gerechnet, gar keine Erlaubnis dafür zu bekommen, mitten in der Woche so spät wegzubleiben. Aber wer verstand schon Mütter? Da war seine zumeist total besorgt und erlaubte ihm die simpelsten Dinge nicht, und dann ließ sie ihn einfach so in die Disco gehen. Sie hatte sich richtiggehend gefreut, mehr als er selbst. Nun musste er tatsächlich mit Peggy und Fatty losziehen.

Die Haustür war offen und Agnes, die adlernasige Hausdame, erwartete ihn bereits. Die war viel strenger als der Rest der Familie. Er wünschte ihr höflich einen guten Abend. Dabei wusste er nie genau, wie er sie ansprechen sollte. *Frau Agnes* wohl eher nicht. Hatte die überhaupt einen Familiennamen?

Ihre grauen Augen verfolgten ihn, bis er die Schuhe ausgezogen hatte und nach oben geflohen war. Die Zimmertür war geschlossen und er klopfte leise. Peggys Stimme rief ihn herein: »Zu früh, wie immer.«

»Ich bin pünktlich.«

»Das meine ich doch. Alle anderen sind nur immer zu spät.« Sie stand im Bad, das an ihr Zimmer grenzte, und sprach durch die halb geöffnete Tür. »Nimm dir was zu trinken, ich bin gleich bei euch.«

Fatty war auch da, saß auf dem Sofa und streifte sich gerade eine zerrissene Hose über. Nick bemerkte die verstreuten Klamotten und eine Packung *Lovejoy*-Kondome auf dem Couchtisch. »Hallo«, sagte er und ließ sich in den Sitzsack fallen.

Von Fatty kam nur ein Grunzen, dann stand er auf, um am geöffneten Fenster eine zu rauchen.

»Hi, Nick.« Peggy kam herein und ging direkt zum Kleiderschrank. Sie trug schwarze Jeans und einen schwarzen BH, sonst nichts. Nick wandte beschämt den Blick ab. Jetzt verstand er, warum er *zu früh* war.

Während sie ein Rüschenhemd anzog, goss er sich eine Bionade ein. »Schau mal auf den Schreibtisch, da liegt ein Bild. Hat Kim gestern gemailt.« Neben dem nagelneuen Fotodrucker lag ein frischer Farbabzug. »Das ist Veronica. Vom letzten Jahr. Ihre Schwester schreibt aber, dass sie normalerweise nicht so brav aussieht. War für eine Familienfeier.« Nick betrachtete das blonde Mädchen auf dem Foto. Dafür, dass sie auf dem Bild sechzehn war, sah sie ziemlich erwachsen aus. Ihre grünbraunen Augen standen weit auseinander, die Nase wirkte ein wenig groß und das Lächeln gezwungen. Ihre Ohrläppchen wiesen mehrere Löcher, aber keinen Schmuck auf.

»Besonders hübsch ist die ja nicht«, brummte Fatty von der Fensterbank aus.

»Wir sind auch nicht bei *Sucht das Supermodel*«, erwiderte Peggy und betupfte sich mit Parfüm. »Laut Kim ist das Bild eine echte Ausnahme. Wenn man genau hinsieht, kann man erkennen, dass Vero sich die Haare an den Seiten ausrasiert hat. Wird nur von den Locken verdeckt.«

»Ich finde, die guckt total hart«, meinte Nick und legte das Foto zurück.

»Angepisst, weil sie bei einem Scheiß mitmachen muss, auf den sie keinen Bock hat. Den Blick kenne ich genau.«

»Jetzt beschwer dich nicht, Fatty. Immerhin kommen wir so mal zusammen in eine Disco. Wie wäre es, wenn ihr langsam anfangt, euch zu stylen?«

Die beiden Jungs sahen sie an. »Ich bin fertig«, gab Fatty zurück und drückte seine Kippe aus.

»Scherzkeks«, kicherte sie. »Zieh mal deine schwarzen Klamotten an, Nick.«

»Hab ich doch.« Er schaute an sich herab.

»Das ist nicht schwarz, sondern dunkelblau.«

»Ich habe aber nichts Schwarzes. Nur ein Sweatshirt von unserem Clan vom Online-Rollenspiel. Das ist aber gerade in der Wäsche.« Er wedelte hilflos mit den Händen.

»O Mann, was seid ihr denn für Luschis?« Peggy kramte in einer Kommode. »Hier ist ein T-Shirt von mir und ein Paar Wollstrümpfe. Du kannst da doch nicht in Tennissocken auflaufen.« Sie warf ihm die Sachen zu. »Los, zügig!«

»Aber, ich …« Er schaute aus den Augenwinkeln zu Fatty, doch der zog nur ein langes Gesicht. »Von mir aus.« Nick wollte ins Bad hinübergehen, aber Peggy kam ihm zuvor. »Da muss ich noch mal rein. Liebling, wirf dich mal in Schale.« Sie zog die Tür hinter sich zu.

Das T-Shirt war Nick zu weit, aber wenn er es in die Hose stopfte, fand er, ging es. Es roch nur stark nach Peggys Parfüm.

Fatty grummelte derweil leise vor sich hin und hantierte an seinem Rucksack. Es klirrte und klimperte. Als er sich aufrichtete, musste Nick unwillkürlich grinsen. »Was?«, raunzte ihn der andere an.

»Nichts ...« Zur kaputten Jeans hatte Fatty ein zerschnippeltes, weißes Hemd angezogen, auf das allerlei englische Schimpfwörter mit rotem Edding gemalt waren. Die Schnitte wurden von großen Sicherheitsnadeln verschlossen. Statt eines Gürtels trug er eine Metallkette. Es war gar nicht so einfach, bei diesem Anblick nicht zu lachen.

»Das ist Punk, du Penner«, grollte Fatty und rückte die Hose zurecht. Nick wandte sich vorsorglich ab, scheinbar war Fatty ziemlich angenervt.

»Wie weit seid ihr?« Ein paar Minuten später kam Peggy zurück. Eine *Emily*-Tasche baumelte an ihrem Arm. Sie hatte sich zwei Zöpfe gebunden, die von Spangen mit niedlichen Totenköpfen zusammengehalten wurden. Ihre Brauen hatte sie schwungvoll mit Schwarz nachgezeichnet. Außerdem zeigte sie ganz ordentlich Dekolleté. Nick machte große Augen. »Na, ja ...«, sagte sie skeptisch und blieb vor ihm stehen. »Arm ausstrecken!«, befahl sie.

Er zögerte, wollte aber vor Fatty nicht auffallen und gehorchte.

»So, damit du etwas wilder aussiehst. Hab ich heute gekauft. Kannst du dann behalten.« Sie schlang ein Nietenarmband um sein Handgelenk. »Oh, mehr Löcher hat das nicht. Zeig mal.«

Nick ließ den Arm sinken. Das Band war ihm zu weit und die Nietenseite rutschte nach innen.

»Du bist ein Hungerhaken, das bist du.« Peggy schüttelte den Kopf. Ihm war es recht, dass die Nieten nicht so deutlich zu sehen waren.

»Und ich? Kriege ich auch was?«

»Du siehst schräg genug aus, Fatty. Aber gib mir mal dein Haargel. Wir müssen noch was mit Nicks Haaren machen.« Sie klatschte ihm ordentlich davon auf den Kopf und wuschelte ihn kräftig.

»Besser. Willst du noch geschminkt werden? Oder schwarzen Nagellack? Sieht bestimmt sexy aus.«

Nick hob abwehrend die Hände und das Armband rutschte bis zum Ellenbogen. »Nein, nein – das genügt völlig!« Wenn seine Mutter ihn so sah, würde sie bestimmt umfallen. Und Marie würde sich kaputtlachen. Trotzdem schade, dass sie nicht dabei war. Die konnte einfach besser mit den beiden umgehen, falls die sich wieder stritten.

»Dann mal los. Hier hat jeder einen Abzug vom Foto. Unsere Bahn kommt in neun Minuten.« Mit ziemlicher Eile verließen sie das Haus und fuhren mit der Straßenbahn zur Moltkestraße. Nick war froh, mit seiner Windjacke recht normal zu wirken. Nur seine Haare sahen nach Sturmwind aus. Die anderen Passagiere schenkten ihnen aber kaum Aufmerksamkeit. Ein paar Blicke, das war es. In Köln war ja irgendwie immer Karneval.

Das *LaLic* lag direkt am Rathenauplatz, im Keller eines Eckhauses. Der Club war nicht so groß, wie Nick erwartet hatte. Um kurz nach neun war auch erst wenig los. Zum Glück hatte Nick seinen Perso dabei, den wollte der Türsteher nämlich sehen. Die beiden anderen durften so rein. Wenigstens warteten sie beim Bezahlen auf ihn. Peggy lud sie ein.

Die Luft war stickig und warm. Es gab einen Tresen, ein paar Hocker, Tischchen und die Tanzfläche. An einer Wand waren Spiegel angebracht. Etwa zehn Leute standen herum, die meisten einige Jahre älter als sie. Niemand tanzte, obwohl die Musik dafür definitiv laut genug aus den Boxen dröhnte. Nick überraschte es nicht, dass er keines der Stücke kannte. Ein- oder zweimal wusste er den Bandnamen, weil das Zeug gelegentlich auf Viva kam – Rammstein, Marilyn Manson, Nightwish. Überhaupt nicht seine Sache. Total düster und aggressiv. Wenn ein bisschen Achtziger lief, war er froh. Das kannte er wenigstens von seiner Mutter.

Als er sich an der Theke eine Cola bestellte, traf ihn fast der Schlag. Auf einem Barhocker saß Hardy. Nicks Herz machte einen Satz, und er spürte, wie er bleich wurde. Was für ein Albtraum! Der schaute auch prompt zu ihm herüber ... und erkannte ihn nicht. Mit einem Seufzen stieß Nick die Luft aus. Es war gar nicht Hardy. Aber im ersten Moment und im roten Licht war der Typ ihm ziemlich ähnlich. Glatze, dunkle Klamotten und ein T-Shirt, auf dem *Tanz dich tot mit Depeche Mode* stand. Bedruckte Shirts waren hier wohl in. Die Frau hinter dem Tresen trug eins mit dem Wort *Lichtgestalt*, wirkte aber so unheimlich wie die meisten hier. Wie die ihn anschaute mit ihren dunkel geschminkten Augen!

Mit seinem Glas in der Hand lehnte Nick an einer Wand und beobachtete, wie es langsam voller wurde. So fiel er immerhin nicht besonders auf. Gelegentlich putzte er seine Brille. Diese Veronica war nirgends zu sehen. Er zog das Foto aus der Tasche und schaute es sich noch mal an. Wie eine Gothic sah sie darauf nicht aus.

Peggy tanzte, die kannte da gar nichts. Sie hatte die Tanzfläche fast für sich allein. Da war nur eine Frau in einem lilafarbenen Kleid mit schwarzen Stoffrosen im Haar, die guckte, als wollte sie Peggy jeden Moment aus dem Weg schubsen.

»Kann ich mal sehen?«, brüllte jemand über die Musik hinweg und eine Hand tippte auf das Bild. Sie gehörte zu einem ganz in Schwarz gekleideten Mann mit blondem Zopf, der ihn breit angrinste. Nick zuckte unwillkürlich zusammen, dann nickte er und hielt den Abzug höher. »Kennen Sie … du die?«, stotterte er.

Der andere studierte Veronicas Gesicht eingehend und das Grinsen wurde immer breiter. Seine Augen waren unnatürlich geweitet und glänzten. War der besoffen? Dann schaute er Nick direkt an. »Nee, ist mir zu jung.« Er lachte dröhnend. Nicht eben sympathisch. Dann drehte er sich abrupt um und schlenderte davon. Verunsichert bemerkte Nick, dass der Typ rote Lackschuhe trug. Fast wie im *Zauberer von Oz*.

Jemand berührte ihn an der Schulter, vor Schreck hätte er beinahe das Foto fallen lassen. Aber es war nur Peggy. Verschwitzt und gerötet. »Gar nicht schlecht hier!«, rief sie.

Er verzog das Gesicht. Da konnte man wirklich geteilter Meinung sein.

»Find ich gut, dass du schon rumfragst. Ich mache mich auch mal an die Arbeit.« Sie tippte gegen die Aufnahme in seiner Hand. »Aber erst mal brauche ich was zu trinken. Willst du auch was?« Nick hielt kopfschüttelnd sein halb volles Glas hoch und sie ließ ihn wieder allein.

Richtig gefragt hatte er ja nicht gerade. Allzu erpicht darauf war er auch nicht. Viel lieber wäre er jetzt zu Hause gewesen. Ein bisschen online spielen. Gucken, ob Lena ihm auf seine Mail geantwortet hatte. Aber es war gerade mal zwanzig nach zehn, vor Mitternacht würden sie hier bestimmt nicht abhauen.

Eine Frau mit Schleifchen im blonden Haar ging an ihm vorbei zur Tanzfläche. Auch nicht Veronica. Dafür trug sie einen schwarzen Minirock und lila-schwarz gestreifte Strapse. Nick wurde rot. Man wusste hier manchmal echt nicht, wo man hingucken sollte. Wenigstens hatte Peggy ihn von den weißen Socken abgebracht. Damit hätte er hier ziemlich dämlich ausgesehen.

Peggy war nun wirklich mit dem Foto unterwegs, redete erst mit der Bardame – vergeblich, dann mit anderen

Leuten. Wie Marie hatte sie kaum Hemmungen, Fremde anzusprechen. Oder zu tanzen. Keine Ahnung, warum er das nicht konnte. Es war einfach nicht seine Art.

Aber viel Erfolg schien Peggy nicht zu haben. Man merkte ihr die Enttäuschung an. Schließlich steckte sie das Bild wieder in ihre Umhängetasche und schaute sich suchend um. Nach Fatty. Der stand neben der Treppe und quatschte mit einem Mädchen mit rot gefärbten Haaren in Latexhose und einem freizügigen Oberteil. »Oh, oh ...«, flüsterte Nick, als er wieder zu Peggy blickte. Im ersten Moment wirkte die total geknickt, stand ganz verloren an der Tanzfläche. Dann verfinsterte sich ihre Miene. Mann, guckte die grimmig. Hoffentlich gab es keinen Streit. Er war sich nicht sicher, wie eifersüchtig Peggy war. Andererseits hatte sie ja gesagt, dass sie einen schönen Abend mit ihrem Freund haben wollte. Wenn der hier aber mit anderen Mädchen flirtete ...

Nick fühlte sich zunehmend unwohl. Die Luft war schlecht und der Krach auf Dauer kaum auszuhalten. Mittlerweile war es etwas bunter geworden. Unter die Grufties hatten sich auch einige Punks gemischt. Gegen die wirkte Fattys Outfit wie ein Karnevalskostüm. Nick musste unwillkürlich grinsen.

»Hey ...« Peggy war neben ihm aufgetaucht. Sie wirkte müde, ein bisschen so, als hätte sie geweint.

»Hi, Peggy.« Er versuchte fröhlich zu wirken, aber es gelang ihm nicht.

»Erfolg gehabt?«, fragte sie und bot ihm einen *Spade*-Kaugummi an. »Hier, extra scharf.«

»Danke. Nee, ich …« Nick wollte ungern zugeben, dass er sich nicht getraut hatte, weiter nach Veronica zu fragen. Aber Peggy ließ ihn gar nicht erst ausreden: »War wohl eine Schnapsidee. Der ganze blöde Abend. Wenn es dir nichts ausmacht, können wir die Fliege machen.«

»Ja, gern! Ich meine … okay.« Er rückte das Armband zurecht. »Ich hole unsere Jacken.«

Sie seufzte: »Und ich Fatty.«

Als sie eine Viertelstunde später draußen waren, sog Nick begierig die frische Luft ein. In seinen Ohren klingelte es, er hätte Ohropax mitnehmen sollen. Von Disco hatte er erst mal genug.

Fatty und Peggy schwiegen sich an und gingen nebeneinanderher, ohne sich zu berühren. Frostige Atmosphäre. »Vielleicht fällt uns noch was anderes ein, um Veronica zu finden«, sagte Nick, um die Stille zu verscheuchen. Sie waren auf dem Weg zum Zülpicher Platz. Von da hatte er es nicht weit zu seiner Station.

»Ach Quatsch, was soll das denn bringen? War ohnehin Blödsinn.« Fatty klang unfreundlich. »Ich brauche neue Kippen.« Er nahm die letzte und zerknüllte die Packung, um sie wegzuwerfen, stopfte sie dann aber in seine Hosentasche.

Peggy sah ihn von der Seite an, ihre Augen waren Schlitze. »Es war nur Blödsinn, dich mitzunehmen!«, fauchte sie. »Für andere was zu tun – so ganz selbstlos –, kommt dir doch gar nicht in den Sinn.«

»Was denn?! Ich bin doch mitgekommen!«

»Und wofür? Hast du was Hilfreiches gemacht? Von

wegen! Nick hat sich wenigstens bemüht, aber du ... du baggerst nur rum!«

Jetzt wurde auch Fatty laut: »Ich habe mich bloß unterhalten, das ist alles!«

»Unterhalten nennst du das? Solche ›Unterhaltungen‹ kenne ich, die haben wir auch geführt.«

»Es ist doch nichts gewesen, was regst du dich denn so auf?«

»Nichts gewesen?! Du gräbst diese Tussi an, während ich alleine auf der Tanzfläche stehe! Außerdem war die mindestens fünf Jahre älter als du.«

»War sie nicht!« Er blickte Hilfe suchend in Nicks Richtung. Aber der starrte nur auf den Boden und wäre am liebsten unsichtbar gewesen.

»Du hast so keine Ahnung ...« Peggy presste die Lippen aufeinander. Dann, mit bitterer Entschlossenheit in der Stimme: »Im Gegensatz zu dir gebe ich nicht einfach auf, sondern interessiere mich für Dinge. Deshalb war die Suche nach Veronica heute absolut nicht umsonst. Und gegessen ist sie auch nicht, da kannst du Gift darauf nehmen!«

Bis sie sich an der U-Bahn trennten, sagte keiner mehr ein Wort. Nick wollte nur schnell weg, ehe sie wieder anfingen. »Ich trage den Abend mal auf der Site ein, damit Kim Bescheid weiß. Dann schauen wir, ob wir noch irgendetwas tun können, okay?« Er versuchte versöhnlich zu klingen.

»Danke, Nick«, erwiderte Peggy und umarmte ihn. Das wurde langsam zur Gewohnheit. Als er dabei jedoch zu Fatty hinüberschielte, hoffte er, dass nicht. Denn der starrte ihn richtig feindselig an.

Endlich ließ Peggy los, und Nick stotterte nur »Tschüss!«, ehe er machte, dass er wegkam.

9

Natürlich war Marie dabei. Wobei, wusste sie gar nicht so genau. Hauptsache, mit Claire unterwegs sein. Sie war richtig aufgekratzt. »Los, hinterher!« Die weiße Jacke war auffällig genug, um das Mädchen im Blick zu behalten. Sie folgten ihm in einigem Abstand, die Rolltreppe hinunter zu einem der Gleise. Es waren genügend Leute unterwegs, um im Hintergrund bleiben zu können. Das Mädchen schenkte seiner Umgebung ohnehin kaum Beachtung, sondern hörte Musik und tippte eine SMS. Als sie einmal kurz in ihre Richtung sah, zogen sich Marie und Claire schnell in den Schutz einer Säule zurück.

»Was hast du eigentlich vor?«

»Weiß noch nicht«, kam die Antwort. »Sehen, wo sie hinwill.« Sie standen dicht beieinander und Maries Aufmerksamkeit galt keineswegs dem Mädchen weiter vorne. Ihr Herz pochte noch immer heftig, nicht nur wegen des kleinen Adrenalinschubs.

»Da kommt 'ne Bahn.« Claire blickte sie direkt an und grinste. »Passt du überhaupt auf? Oder zählst du meine Sommersprossen?«

»257«, erwiderte Marie schnippisch, wurde aber dennoch rot.

»Komm schon, sie steigt in die 9. Wir nehmen eine Tür weiter hinten.« Sie lösten sich aus ihrem Versteck, als die

U-Bahn hielt. Während sich *Strähnchen*, so hatte Marie sie innerlich genannt, setzte, suchten sie sich Plätze aus, von denen sie sie im Blick behalten konnten. Als sich die Türen schlossen, durchfuhr es Marie siedend heiß: »Ich habe mein Schülerticket gar nicht dabei!« Das hatte sie in all der Aufregung auf dem Schreibtisch liegen gelassen. Schöner Mist. »Ich glaub, ich ziehe mir lieber ein Ticket.« Sie machte Anstalten, zum Automaten in der Bahn zu gehen.

Aber Claire hielt sie zurück. »Wir bleiben hier, ansonsten bemerkt die uns noch. Oder hast du Schiss, erwischt zu werden? Dann steig lieber aus.« Sie grinste.

»Nee, ist schon okay.« Marie wollte nicht zugeben, dass sie nicht gerne schwarzfuhr. Sie saßen nebeneinander, tief in die ungemütlichen Sitze gesunken, um nicht aufzufallen. Wenn das Mädchen sich jedoch genauer umgesehen hätte, wären sie nicht unentdeckt geblieben.

Als sie die Haltestelle Kalker Bad passierten, sagte Claire: »Hier steige ich meistens aus. Meine beste Freundin hängt hier immer ab. Meine Alten wohnen aber in Flittard.«

»Wir in Ehrenfeld. Auf welcher Schule bist du?«

»'ne Gesamtschule, wenn ich mal zu dem Scheiß gehe.«

»Ich bin auf dem Sankt Anna.«

»Dem Tussi-Laden? Ist doch so'n Nonnending, oder?«

»Schon länger nicht mehr. Gibt ja kaum noch Nonnen.«

»Wäre echt nichts für mich.«

Sie erreichten Ostheim, dann Steinweg. Marie schaute

auf die Uhr. Es war fast Viertel vor zwölf. Mitten in der Woche musste sie um diese Zeit eigentlich zu Hause sein. Hoffentlich fuhr nachher noch eine Bahn zurück. Für ein Taxi hatte sie definitiv keine Kohle.

»Sie will aussteigen!« Tatsächlich war Strähnchen aufgestanden und schlenderte auf sie zu, allerdings ohne sie zu bemerken. Sie war immer noch mit ihrem Handy beschäftigt und blieb vor der Tür stehen.

»Jetzt wird es schwieriger«, wisperte Claire und fasste nach Maries Arm. »Hier will kaum jemand raus, da könnten wir auffallen.«

»Und wenn wir jetzt an ihr vorbeigehen und ganz vorne aussteigen? Die tippt gerade wieder.«

»Dann los!« Claire zog sie mit sich. »Bleib dicht bei mir.« Das war nun wirklich kein Thema. Sie gingen ganz nah an Strähnchens Rücken vorbei. Fast konnten sie ihr über die Schulter auf das Display schauen. Marie hatte das deutliche Gefühl, dass sich Claire noch mehr anspannte. Beinahe, als müsste sie sich zurückhalten, um nicht irgendetwas Unüberlegtes zu tun. Marie konnte ein hartes Funkeln in ihren grünen Augen sehen. Dann waren sie vorbei.

Die 9 hielt, und sie stiegen erst im letzten Moment aus, um der anderen ein bisschen Vorsprung zu lassen. Auf dem Bahnsteig waren nur zwei weitere Passanten und vorne die weiße Trainingsjacke. Sie folgten ihr, Claires Hand noch immer an Maries Arm. »Nicht so schnell«, raunte sie.

Bald waren sie allein mit Strähnchen, die in vielleicht

fünfzig Metern Abstand vor ihnen ging. Eine breite Straße entlang, an einem Gebrauchtwagenhändler vorbei, dann an einer Kirche. Das Licht der Laternen reichte kaum aus, den Gehsteig zu erhellen. Maries Puls ging heftig. Einmal zerrte Claire sie hastig in eine Einfahrt, denn das Mädchen vor ihnen war abrupt stehen geblieben. Aber sie sah sich nicht um, sondern ging gleich darauf weiter. Ein Bus fuhr vorbei, warf für Sekunden ihre verzerrten Schatten an die Hauswände.

Dann war Strähnchen verschwunden. »Da vorne ist eine Seitenstraße, da ist sie rein.« Beide liefen beinahe lautlos bis zur Straßenecke. Marie schwitzte. Von Claire ging nun etwas Rohes und Aggressives aus. Doch hinter der Ecke war nichts, das Mädchen nicht zu sehen, nur schäbige Mehrfamilienhäuser und Garagen links und rechts.

»Verdammt!«, fluchte Claire und trat so wuchtig gegen einen Holzzaun, dass er knirschte. »Die Schlampe ist uns entkommen!« Im schwachen Licht wirkte ihr Gesicht für einen Moment wie eine Fratze.

»Warte mal«, flüsterte Marie und legte ihr eine Hand auf die Schulter. »In dem Hauseingang da drüben brennt Licht. Da, jetzt ist es aus.« Sie warteten schweigend, von fern war nur der Lärm einer Schnellstraße zu hören. Im zweiten Stock flammte eine Lampe hinter einem Fenster auf. »Vermutlich ist sie das.«

»Bleib hier, ich will sehen, welcher Name zu der Wohnung gehört.« Claire ließ sie stehen und wechselte auf die andere Straßenseite, benutzte aber nicht den Weg zur

Haustür, sondern schlich durch den Vorgarten, um dem Bewegungsmelder zu entgehen. Marie erkannte ihren Umriss an den Klingeln, das kurze Aufflackern eines Feuerzeuges, dann kam sie auch schon zurück. »Sieht gut aus«, sagte sie atemlos und grinste. »Machen wir, dass wir wegkommen.« Sie legte einen Arm um Marie. »Geht doch nichts über ein bisschen Nervenkitzel am Abend, mmh?«

Marie nickte und schmiegte sich an sie. Schweigend schlenderten sie zur Haltestelle zurück. Drei junge Männer warteten ebenfalls auf die nächste Bahn, sodass die Mädchen weiter vorne stehen blieben, um allein zu sein.

»Hey …«, sagte Claire leise.

Marie wandte verträumt den Kopf und schaute sie an. Claires Haut schimmerte wie Porzellan. »Was ist?«

Sie lächelte, beugte sich vor und küsste sie. Marie spürte ihren Atem. Ihre Lippen. Ihre Wärme, als sie sich umarmten.

Erst das Rattern der Straßenbahn löste sie voneinander.

»Gefällt es dir?«, fragte Claire, als sie einstiegen.

Marie drückte ihre Hand und lächelte: »Postapokalyptisch gut.«

10

»Was ist denn los mit dir, Fatty?«, fragte Peggy mit einem Anflug von Verzweiflung in der Stimme. Nick hatte sich verabschiedet und sie liefen nebeneinander in Richtung Neumarkt.

»Nichts ist los mit mir, was soll schon sein?«, gab Fatty gereizt zurück.

»Du benimmst dich wie ein Arsch. Das ist los. Habe ich dir irgendetwas getan, oder warum behandelst du mich so?«

Fatty stieß gequält die Luft aus. So ein Gespräch musste ja irgendwann kommen. »Ich war besoffen …« Und zwar ordentlich.

»Die Party meine ich gar nicht. Oder nicht nur. Du hast ja keine Ahnung, wie sauer mein Vater war. Bis auf Weiteres kannst du nur vorbeikommen, wenn er nicht da ist.«

Er verzog das Gesicht, die Hände tief in den Hosentaschen vergraben. Gab es jetzt eine Standpauke? »Wird sich schon beruhigen.«

»Paps vielleicht schon, aber um den geht es gar nicht. Kapierst du nicht, dass es um mich geht? Und um dich? Ich habe das Gefühl, dass du überhaupt nichts mehr für mich empfindest.«

»Das stimmt aber nicht«, erwiderte er. »Ich bin dein Freund, falls du dich erinnerst.«

»So benimmst du dich aber nicht, Fatty. Gar nicht. Ich bin nicht nur DVD-Gucken und Sex.«

»Weiß ich doch.«

»Und warum ignorierst du mich dann? Auf meiner eigenen Party?«

»Ich war betrunken, Herrgott. Die ganzen Affen gingen mir auf den Sack. Für die bin ich doch nur ein blöder Penner.«

»Wen wundert es, wenn du fast eine Prügelei anfängst.«

»Ist doch nichts passiert ...« Er konnte sich kaum an den Abend erinnern. Der Pool, eine Menge Bier ... und irgend so ein Idiot aus Pegs Klasse.

»Aber fast. Egal, von mir aus war es da der Alk. Der haut dich für heute Nacht aber nicht raus. Du hast kein einziges Mal mit mir getanzt, mich nicht geküsst und mir keinen Deut geholfen.« Jetzt klang sie richtig zornig.

»Tut mir leid ...«

»Dafür schäkerst du den ganzen Abend mit so einer Tussi. Vor meinen Augen.«

»Tut mir leid ...«, wiederholte er lahm. Fatty spürte, wie seine Wangen begannen zu brennen. Er wagte es nicht, Peggy anzusehen. Gleichzeitig wurde er selbst wütend. »Und du? Tanzt die ganze Zeit mit dem Kerl aus deiner Klasse!«

»Der war nur nett und höflich. Weißt du überhaupt, was das ist?«

Er ignorierte die Spitze: »Und Nick, fällst du dem nur zufällig so um den Hals?«

Sie starrte ihn entgeistert an: »Nick?« Dann lachte sie: »Du bist eifersüchtig auf Nick?«

»Na, ich …« Jetzt wurde er rot. Fatty war tatsächlich eifersüchtig auf den Streber.

»Du meine Güte, was geht denn in deinem Kopf vor? Auf Nick! Außer dass er ein hilfsbereiter und lieber Freund ist, brauchst du dir da keine Sorgen zu machen. Ich stehe scheinbar nur auf … auf …« Sie rang frustriert nach Luft. »Typen wie dich.«

Er blieb stehen, die Lippen aufeinandergepresst. Passanten drifteten an ihnen vorbei, die Lichter der Stadt leuchteten grell. Aber das alles berührte Fatty nicht wirklich. Er kam sich vor wie in einem Film. Jetzt wirkte Peggy auf einmal sehr traurig.

»Du tust mir einfach nur weh, weißt du das?« Ein paar Locken hatten sich aus ihren Zöpfen gelöst und hingen ihr in die Stirn.

Seine Kehle war ausgedörrt, selbst wenn er etwas Passendes gewusst hätte, Fatty hätte kein Wort hervorgebracht. Sein Blick ging durch seine Freundin hindurch, bis sie schließlich die Mundwinkel nach unten zog und auf den Boden sah. »Hast du gar nichts zu sagen?«

Doch – hatte er. Musste er. Nur was? Solche Sachen waren noch nie seine Stärke gewesen. »Peggy … ich … ich will dir nicht wehtun.« Er klang mindestens so weinerlich wie Nick.

»Na, immerhin. Und weiter?«

Fatty seufzte: »Keine Ahnung. Läuft einfach nicht bei mir. Das soll keine Entschuldigung für alles sein. Nur …

Ich versuche es wieder geradezubiegen, okay?« Dann, nach einer Pause: »Ich ... ich will dir nicht wehtun.« Ich liebe dich, hatte er eigentlich sagen wollen, aber es ging nicht.

Peggy lächelte tapfer. »Das tust du aber, wenn du so weitermachst.« Sie blickte auf ihr Handy. Es war fast ein Uhr. »Ich muss jetzt nach Hause.«

»Ich bring dich.«

»Nein, ich nehme ein Taxi.«

»Sehen wir uns morgen?«

»Weiß ich noch nicht. Ruf mich an, okay?« Sie küsste ihn flüchtig auf die Wange und wandte sich dann hastig ab.

Fatty sah ihr nach, als sie zum Taxistand ging.

11

Eigentlich sollte Nick vor der Schule nicht an den Rechner. Auch wenn er erst zur Zweiten hatte, sodass er eine Stunde später losmusste. Aber Kims Eintrag wollte er unbedingt noch kommentieren, das konnte nicht warten.

Argus schrieb:
Hallo Sonnenkind,
das Pic ist schon mal sehr gut, hat uns aber noch nichts gebracht. Im *LaLic*, einer Disco hier in Köln, kannte jedenfalls niemand deine Schwester. Wir können es gerne weiter versuchen, aber vielleicht hast du ja noch irgendeinen anderen Ansatzpunkt? Lieblingsgeschäfte, Freunde, Hobbys ...

Danke und Gruß,
Argus

Nick checkte auch gleich noch sein Gästebuch. Vielleicht hatte er einen weiteren Eintrag? Stummfisch, Willylove, nee, niemand Neues. Schade.

Er gähnte ausgiebig. Ob er Lena noch schnell eine Mail schicken sollte? Vermutlich bekam sie die nicht mehr rechtzeitig. Aber er war dran mit Schreiben. Sie hatte ihm gestern noch ein paar Links zum Thema Aliens gemailt. Ziemlich spannend, aber auch unheimlich. Ein paar Skizzen und Videos hatte er sich nicht allzu genau angesehen. Ziemlich viel davon beschäftigte sich mit Verschwörungstheorien. SETI fand er da schon besser. Aber seine Mutter würde was dagegen haben, wenn sein Rechner den ganzen Tag lief. Als er gestern Nacht nach Hause gekommen war, hatte sie noch an einem Porträt gemalt. Bei seinem Anblick hatte sie erst gepfiffen und dann gegrinst. Dummerweise hatte er vergessen, das Nietenarmband abzunehmen. Ein Blick in den Spiegel und das Ganze war ihm peinlich. Peggys zu weites T-Shirt und die gegelten Haare, wegen der Übermüdung war er auch noch total blass gewesen. Schaurig.

Jetzt lag das Armband neben seiner Tastatur. Er tippte mit den Fingerspitzen auf die Nieten. Das konnte er Lena schreiben. Wie er zu dem Teil gekommen war und was sie gestern in der Disco erlebt hatten. Außerdem würde er sich nebenbei für morgen mit ihr vor dem naturwissenschaftlichen Trakt verabreden.

12

Die Sonne strahlte nicht, dafür Marie umso mehr. Wie eine Hausfrau aus einem Werbespot der fünfziger Jahre. Das ging selbst ihrer besten Freundin auf die Nerven. »Mann, stell doch mal dieses Lächeln ab. Als ob du irgendwas genommen hast!« Peggy hielt ihre Digitalkamera in der Hand, hatte aber erst ein paar Bilder geschossen. Das Wetter war einfach mau, der Himmel sah nach Regen aus, der Wind war wieder kühler geworden und der Rhein wirkte grau und schmutzig.

»Mich hat es eben voll erwischt!«, erwiderte Marie lachend, die Hände in den Taschen ihrer zu großen Armeejacke.

»Dich erwischt es immer total, das war bei Hannah so und auch bei Nelly.« Eigentlich hatte Peggy sich mit ihr getroffen, um bei einem Spaziergang am Rheinufer über ihre Beziehung mit Fatty zu reden. Nicht über Maries neuste Affäre. Aber das war gar nicht möglich.

»Das hier ist völlig anders. Es ist ... Nelly war irgendwie zurückhaltend und unsicher. Man wusste nie genau, wo man dran war. Bei Claire ist das nicht so. Die ist deutlich, irgendwie physischer. Das stimmt einfach auf Anhieb.«

»Du kennst sie doch gar nicht richtig.«

»Mir kommt es so vor, als würden wir uns schon ewig

lange kennen. Echt wahr!« Marie schaute nachdenklich in die Ferne: »Es hat absolut gefunkt zwischen uns. Auf den ersten Blick.«

Peggy seufzte. Das musste jetzt wohl erst durchgekaut werden, ehe sie über Fatty reden konnten. »Bist du sicher, dass es bei ihr genauso ist? Manchmal schießt du nämlich etwas über das Ziel hinaus, erinnerst du dich?«

»Doch, ich glaube schon. Wie wir uns geküsst haben – das war kein dummes Geknutsche.«

»Erspar mir die Details ...«

»Gibt keine. Wir haben nicht miteinander geschlafen, wenn du das meinst. Noch nicht.«

»Na, wenigstens etwas.«

»Was denn? Du klingst ja schon wie meine Mutter.«

»Sorry, war nicht so gemeint, Süße. Es ist bloß, dass ich *glücklich* gerade nicht so abkann. Unser Discoabend war nämlich nicht so prickelnd.« Peggy machte eine Panoramaaufnahme, löschte sie aber gleich wieder. Heute ließ sich einfach keine Stimmung einfangen.

»Ja, ich habe Nicks Kommentar schon gelesen. Aber in meinem Kopf ist da momentan wenig Platz für. Irgendwas Wichtiges?«

»Wie wichtig ist es für jemanden, seine verschwundene Schwester wiederzufinden?«

»Keine Ahnung, ich habe keine. Aber wichtig, vermutlich.«

»Bestimmt sogar. Na ja, wir versuchen es weiter. Das ist aber nicht der Grund für den bescheidenen Mittwochabend. Bei der Sache mit Veronica habe ich nicht viel erwartet. Vielleicht probieren wir es noch im *Dark Club* oder was weiß ich.«

»Da könnte ich Claire fragen, ob sie Bock hat, mitzukommen.«

»Lass doch deine Claire bitte mal für fünf Minuten aus dem Spiel – es geht um Fatty. Ich weiß nicht, was ich mit dem machen soll.«

»Auf den Mond schießen.«

»Vielen Dank, du bist echt eine große Hilfe, Marie. Seit einiger Zeit läuft er total neben der Spur. Und ich wollte mal was anderes hören, als dass ich mich von ihm trennen soll. Davon singt mir Sissy schon ein Lied.« Sie schob ein paar widerspenstige Locken unter ihre Schiebermütze.

»Liebst du ihn denn noch?«

»Ja, schon. Er macht es mir im Moment zwar nicht gerade einfach, aber wenn ich ihn dann sehe ... Und er liebt mich auch, irgendwie. Ich habe nur das Gefühl, dass er das momentan selbst nicht weiß. Ein bisschen so, als könnte er nicht anders. Ihm ist klar, dass er Mist baut oder mir wehtut. Aber er kriegt es einfach nicht in den Griff.«

»Quatsch, wenn er wirklich will, dann kann er sich ändern.«

»Nicht Fatty, zumindest nicht so schnell.« Peggy schüttelte den Kopf und die Locken hingen ihr wieder in die Stirn.

»Vielleicht machst du dir zu viele Gedanken.«

»Das sagst gerade du mir!«

Marie hob hilflos die Arme: »Ich meine, wenn du sicher bist, dass ihr euch liebt, dann lass ihm etwas Luft. Er kriegt sich schon wieder ein.«

»Und was, wenn nicht? Dann verliere ich ihn erst recht.«

»Ich weiß es doch auch nicht. Jungs eben. Vielleicht muss er mal mit jemandem außer dir reden. Einem Freund. Von Mann zu Mann.«

»Knick das. Fatty kennt doch nur so Blödmänner, wenn überhaupt. Heute hängt er schon wieder mit diesen Idioten vom Sankt Anna ab, die …«

»Du meinst Hardy und Micha?«, unterbrach Marie. »Ja, das ist echt toller Umgang.«

»Eben«, nickte Peggy. »Aber Fatty hat keine richtigen Freunde. Außer vielleicht Nick …«

»Na, *Freunde* würde ich die beiden nicht gerade nennen.«

»In der Disco haben die sich gar nicht so schlecht verstanden. Und Nick ist zuverlässig und alles.«

»Wenn du meinst …« Marie blickte auf ihre Uhr. »Ich muss jetzt abzwitschern. Meine Mama wartet schon mit Arbeit auf mich.«

Peggy sah enttäuscht aus: »Ich dachte, wir gehen noch in *Schorschs Teestube.*«

»Tut mir leid. Lass den Kopf nicht hängen. Das mit Ferdinand wird schon.« Sie umarmten sich.

»Sehen wir uns die Tage? Übermorgen?«

Marie schüttelte den Kopf: »Bandprobe.«

»Und danach?«

»Uhm … holt mich Claire ab.«

»Na, super.«

»Ich kann sie ja fragen, dann ziehen wir zu dritt los«, bot Marie halbherzig an.

»Nee, lass mal. Da wäre ich nur der Beipackzettel. Das kann ich gerade gar nicht gebrauchen.«

»Ich rufe dich an, okay?« Marie küsste die Freundin zum Abschied auf die Wange, dann eilte sie davon.

»Schöne Freunde habe ich da gerade«, sagte Peggy und starrte deprimiert auf das Wasser.

Am Abend saß sie in ihrem Zimmer und bearbeitete die Bilder vom Nachmittag nach. Einige davon wollte sie in ihr Profil stellen, aber im Augenblick hatte sie nicht recht Lust dazu. Vielmehr grübelte sie über Kims Kommentar zu Nicks Post. Peggy las ihn noch einmal.

Sonnenkind schrieb:

Hi Argus, hi Kölsches Engelchen!

Danke für eure Hilfe, das ist schon supernett. Sehr schade, dass es direkt nichts war. Aber ich darf wohl nicht zu viel erwarten ... Aber ihr könnt euch nicht vorstellen, wie das ist! Die Monate kommen uns wie Jahre vor. Meine Eltern sind mit den Nerven am Ende. Sorry, ich will hier nicht rumheulen. Immerhin macht ihr was, das tut schon echt gut.

Was Vero normalerweise sonst so unternimmt? Viel erzählt hat sie nie. Sport überhaupt nicht. Kino manchmal. Das hilft euch wohl alles nicht weiter, oder? Was mir aber noch einfällt: In ihrem Zimmer standen manchmal Spraydosen rum. Für Graffiti. Meine Eltern

haben die aber gefunden. Gab eine fette Gardinenpredigt danach und die Dinger verschwanden. Das ist jetzt vielleicht ein Jahr her. Ich weiß also nicht, ob Vero sich noch dafür interessiert.
Ich überlege aber noch mal weiter.
Macht's gut und danke!
Kim

Die arme Kim. Die hatte sich bestimmt wenigstens einen kleinen Hinweis erhofft, auch wenn sie nichts versprochen hatten. Das tat Peggy leid. Wenn sie daran dachte, dass Sissy einfach so in Zürich verschwinden würde ... So weit weg, ohne dass man etwas machen konnte. Kaum vorzustellen.

Immerhin gab es nun aber einen weiteren Faden, dem sie folgen konnten. Graffiti – davon hatte keiner von ihnen einen Schimmer. Peggys Laune hob sich. Das schrie nach einem Aufruf auf der Schwarzlichter-Site.

Kölsches Engelchen schrieb:
Hallo Community!
Ich brauche mal eure Hilfe: Kennt sich jemand mit der Sprayerszene und Graffitikunst (in Köln) aus?
Kann jemand einen Kontakt herstellen? Wäre riesig!
Danke,
Kölsches Engelchen

PS: Vielleicht gebt ihr meine Mail weiter, falls mir jemand direkt schreiben möchte: peggy@schwarzlichter.com

13

»Komm rein, Mann. Fläz dich. Willst du ein Bier?« Hardy deutete auf einen abgewetzten Ledersessel und reichte Fatty ein Kölsch. Der begrüßte auch Micha mit Handschlag, ehe er den Kronkorkenberg unter dem Öffner an der Wand vergrößerte. Ein Bier kam jetzt gerade richtig, fand er und warf sich auf das schwarze Leder.

Hardys Zimmer lag unter dem Dach, grauer Teppich, die alte Sitzgarnitur, ein einzelnes Bücherregal voller DVDs. Zwei überquellende Aschenbecher. Die Luft stank nach Zigarettenrauch und ein wenig nach Gras.

»Wie läuft es, Fatman?«, fragte Micha und griff nach seiner Flasche.

»Hält sich so. Fucked up. Locker mal wieder 'ne Fünf eingefahren.« Das kühle Bier tat gut. »Außerdem seit gestern Stress mit meiner Freundin.«

»Wegen dem Streber?«

»Nick? Nee, damit hat die nichts zu tun. Das ist 'ne andere.« Obwohl Peggy den lieben Nick ja in letzter Zeit ziemlich ins Herz geschlossen hatte.

»Wir dachten nur, dass du vielleicht 'nen Fanclub für den aufmachst.«

»Scheiße, nein. Ich habe euch doch gesagt, dass ich ihn eigentlich nicht leiden kann. Ist halt bloß, dass er ständig mit uns abhängt.«

»Na, wir wollten nur sichergehen.« Hardy zog den Bierkasten in die Mitte des Raumes. »Ist jetzt eh egal. Der Streber trifft sich nämlich seit Neuestem immer mit dieser Verrückten aus der 9, die mit dem Alien-Tick. Die wohnt fast im Lehrerzimmer, deshalb legen wir mal lieber low. Lohnt das Risiko nicht und in einem halben Jahr sind wir den ganzen Mist los. Dann erwische ich auch den Pisser.«

»Alien-Tick? Das ist bestimmt Lena. Spielt bei mir in der Band.« Fatty hatte trotzdem das Gefühl, dass die beiden ihn wegen dieser Nick-Geschichte für nicht ganz voll nahmen. Selten blöd, dass er Marie diesen Gefallen getan hatte. Brachte nur Ärger. »Können wir mal über was anderes reden? Ich bin nicht hergekommen, um mir dieses Zeug anzuhören.«

Das taten sie. Wie meistens drehte es sich um Musik. Micha mit seinen Tapes voller Techno. Hardy mit seinem Querbeetgeschmack, weil er all seine CDs nach schrägen Coverbildern kaufte. Fatty mit Green Day, Linkin Park oder Black Light Burns. Dann über Autos und Motorräder. Wieder die Anekdote, als sie gemeinsam einen Kleinwagen geknackt und dann zu Schrott gefahren hatten. Und am Ende waren sie wieder beim Geld. Jeder erzählte, was er mit viel Kohle alles anfangen würde. Mit etwas Bier intus fiel das nicht schwer.

Fatty träumte von einem Jaguar E, knallrot und PS-stark. Einem vollen Tank und keinerlei Verpflichtungen. Einfach fahren und anhalten, wo und wann er wollte. Am Meer, in Paris, egal. Nur weit weg.

Micha unterbrach seine Gedanken: »Wir haben uns übrigens was überlegt ... Mal angenommen, Fatman, du könntest *wirklich* an etwas Asche kommen. Nicht viel, aber mehr als die paar Kröten im Monat. Was dann?«

Fatty zündete sich eine Kippe an und sah zwischen den beiden hin und her. Micha hatte sich aufgesetzt und die Sonnenbrille abgenommen, die er die ganze Zeit getragen hatte. Hardy strich sich nachdenklich über den rasierten Kopf.

»Meine *Crane* reparieren. Kippenvorrat anlegen. Feiern. Meint ihr so was?«

»Ja, dafür sollte es reichen.«

»Habt ihr was in Aussicht?« Er wischte sich Zigarettenasche von seinem Ärmel.

»Kommt darauf an, was du dafür tun würdest.«

»Keine scheiß Arbeit. Wenn ihr mit so was anfangen wollt, lasst mich bloß in Ruhe.«

Hardy grinste und trank von seinem Kölsch. »Quatsch.«

»Na, dann ist es ja gut.«

»Musst halt ein bisschen Mumm haben, wenn du an Kohle kommen willst. Die Gelegenheit beim Schopfe packen.«

»Ich habe schon kapiert. Rück raus damit.«

»Wir wollen noch nicht zu konkret sein, Fatty. Wird gerade was ausgespäht. Ein kleiner Bruch – null Risiko. Dazu brauchen wir einen, der Schmiere steht und vielleicht mit anpackt. Jemand Zuverlässigen, den nichts umhaut. Da dachten wir an dich, ist es nicht so, Micha?«

»Klar, du wärst top für die Sache. Und wir teilen fair durch drei.«

Plötzlich war es sehr still im Raum, nur der Straßenlärm drang durch das gekippte Fenster. Die zwei Älteren musterten ihn mit einer Mischung aus Erwartung und Skepsis. Shit, damit hatte er nicht gerechnet. Dass die beiden auch mal eine Gelegenheit herbeiführten, was abzugreifen, wusste er. Gerade Hardy prahlte nach ein paar Flaschen gerne mit seinen Taten. Das meiste davon war aber nur Schau. Mal ein geklautes Autoradio, ein Rechner aus der Schule. Angeblich hatte er sogar Medikamente von Altenheimpatienten abgezogen und vertickt.

Aber das hier war was ganz Konkretes, kein Gelabere. Auf einen Schlag war Fatty fast nüchtern. Seine Chance, an Kohle zu kommen, war da. Genau, was er gebraucht hatte.

»Was sagst du, Fatman, bist du dabei?«

»Wie viel springt dabei raus?«

Hardy warf ihm einen Blick zu: »Ist noch nicht ganz klar. Ein paar Hundert. Für jeden von uns.«

Nicht lange überlegen, die fragen dich kein weiteres Mal, raste es ihm durch den Kopf. Fatty griff nach dem Kölsch. »Okay, geht klar. Wann und wo?«

Sie nickten ihm zu. »Keine Eile«, sagte Micha, »wenn es so weit ist, kriegst du die Infos. Wir müssen noch ein bisschen was abchecken. Los, darauf stoßen wir an.«

Die Flaschen klirrten und nach dem ersten Schluck fingen Micha und Hardy lauthals an zu lachen. Nach ein paar Augenblicken stimmte Fatty mit ein.

14

dark_star schrieb:
Hi Kölsches Engelchen,
habe deine Mail mal an jemanden aus der Szene weitergegeben. Kann nix versprechen, aber vielleicht kontaktiert er euch.

Greets,
dark_star

Peggy schmunzelte. Darauf, dass dark_star antwortete, hätte sie wetten können. Der hatte nämlich selbst ein paar Fotos von Graffiti auf der Site eingestellt.

Jetzt hieß es abwarten. Von Kim gab es nichts Neues. Peggy versuchte sich vorzustellen, wie es wäre, einfach abzuhauen und in einer fremden Stadt zu leben. So ganz ohne Sicherheiten, ohne Familie. Nicht bloß Urlaub, sondern total krass mit allem brechen. Beim bloßen Gedanken schauderte sie. Es gab hier zu viel, an dem sie hing: ihre Eltern, Marie und … Fatty. Ganz zu schweigen von ihrem Haus und allem. Bevor man das machte, musste einiges schiefgelaufen sein. Stress mit der Familie, der Schule, irgendein Mist, den man gebaut hatte. Was es bei Veronica wohl war? Aus Kims Einträgen konnte man dazu nichts herauslesen. Ob sie nachfragen sollte? Vielleicht half es ja bei der Suche. Aber Peggy war nicht sicher, ob Kim darüber reden wollte. Sonst hätte sie bestimmt etwas erwähnt.

Schließlich lud Peggy eine kleine Auswahl der neuen Aufnahmen in ihr Profil. Nicht sehr ergiebig, beim Fotografieren am Nachmittag war sie einfach nicht bei der Sache gewesen. Wenn sie solche Bilder machen könnte wie Scar – das wäre der Hammer. Aber so ... Na, besser als nichts.

Graffiti ... Sprayer ... damit kannte sie sich gar nicht aus. Keith Haring, von dem stand ein Sammlerservice unten im Glasschrank, aber damit hatte Graffiti wohl nicht viel zu tun. Eher mit den Schmierereien auf S-Bahnen oder Gebäuden. Ihr Vater regte sich immer tierisch darüber auf. Andererseits gab es auch Kunst aus der Richtung. Vielleicht sollte sie ein bisschen danach googeln. Wikipedia hielt schon einmal eine ganze Ladung an Informationen bereit – über die verschiedenen Formen wie Sprayen und Scratchen, über Motive und die rechtliche Situation. Dazu ein paar Bilder. Und eine Liste mit Graffiti-Jargon: Bombing, E2E, Piece, Tag ... Außerdem Links zu weiteren Seiten zum Thema. Eine eigene Welt – es ging um Nervenkitzel und Ruhm, um den perfekten Style. Peggy begann ein paar Auszüge in einer Datei zusammenzufügen, um sie auch den anderen schicken zu können.

Eine E-Mail riss sie aus ihrer Arbeit.

Betreff: Kontakt
Von: PrisONEr
An: peggy@schwarzlichter.com

Hallo Peggy,
hab deinen Hilferuf erhalten und eure Community gecheckt. Sieht okay aus, also können wir plaudern. Aber nix Schriftliches. Wenn dir was an Infos liegt, müsst ihr mich schon treffen.
Falls du es schaffst, dann direkt übermorgen - 21:30 Uhr. Ort gebe ich kurzfristig bekannt. Ich mache keine Interviews, Fotos sind auch nicht erlaubt. ;-)
CU,
PrisONEr

Wenn das keine prompte Antwort war. Samstag halb zehn? Das mussten Fatty und Nick übernehmen. Ihre Eltern würden sie kaum gehen lassen. Ohne lange zu überlegen, schrieb Peggy zurück.

Hi PrisONEr!
Super, dass du dir die Mühe machst. Termin geht klar. Ich schicke zwei Freunde von mir. Ist keine Uhrzeit für eine Dame. Die beiden heißen Fatty und Nick. Sag nur, wo.
Danke!
Peggy

Dann leitete sie die Mail an Nick weiter und hängte die gesammelten Ergebnisse ihrer kleinen Recherche an.

15

»Sorry, dass ich zu spät bin«, keuchte Lena, warf ihren Rucksack auf einen Stuhl und kletterte auf die Bühne.

»Hat's Beamen nicht richtig funktioniert?«, fragte Chris und rückte die Snare zurecht.

»Sehr witzig. Lass dir mal was anderes einfallen.« Mit geübten Handgriffen schloss sie ihren Laptop an den Synthesizer der Schule an. »Also schnell Soundcheck und dann geht's los.«

»Ist doch erst kurz nach vier. Nur keine Hektik, Ferdinand ist noch überhaupt nicht in Sicht.« Marie schnallte sich ihre E-Gitarre um. »Müsst ihr eben so lange mit meinen Zupfkünsten vorliebnehmen.«

»Hat er nicht abgesagt?«, fragte Lena.

»Eher kotzt der Papst. Vielleicht sollten wir besser einen anderen Gitarristen an Land ziehen.«

»Was ist mit Lauren aus der 11? Die hatte doch Interesse.«

»Tut mir leid, Lena, aber die ist so labil, mit ihrem komischen Psychoscheiß und allem, die muss ich wirklich nicht am Hals haben.«

»War ja nur so ein Gedanke.«

»Egal jetzt«, unterbrach Chris. »Als kleiner Muntermacher: Ich habe einen Gig für uns.« Er spielte einen Trommelwirbel. »Eine Bekannte von mir gibt 'ne Fete und wir sollen da spielen. Vor vierzig Leuten. Ein paar eigene Songs und Cover.«

Marie strahlte: »Das klingt gut.«

»Das Beste kommt noch: Essen und Getränke sind frei. Außerdem gibt es ein paar Euro Gage. Nicht viel, aber besser als nichts.«

»Echt spacig. Wann ist das, an einem Wochenende?«

»Ist ein Samstag. Wenn ihr nichts dagegen habt, nehmen wir die Setlist vom letzten Mal.«

»Wo wir schon dabei sind …« Marie spielte ein Riff auf der Gitarre. Besonders gut war sie nicht, aber für die Probe würde es reichen. »Was ist mit dem Bandnamen? Wir sind uns wohl einig, dass *Moonshine* total nicht den Punkt trifft.«

»Das Thema hatten wir doch schon oft, Marie. Wir kommen da nicht auf einen Nenner. Lasst uns lieber spielen. Fatty taucht bestimmt nicht mehr auf.«

»Mir ist aber was eingefallen. Wir machen eine Umfrage dazu.«

»Eine Umfrage? Auf der Straße oder wo?« Chris rollte genervt mit den Augen.

»Quatsch. In unserer Community. Wir posten einfach unsere Vorschläge, die drei, die wir bis jetzt hatten, und lassen die User abstimmen.«

»Find ich gar nicht so schlecht.« Lena grinste.

Chris seufzte: »Ihr immer mit eurem Internetzeug. Man könnte meinen, ihr seid voll die Freaks.«

»Sind wir ja auch, aber anders, als du denkst«, erwiderte Marie.

»Na, von mir aus. Bevor ihr mir wieder stundenlang die Birne heißdiskutiert ... Aber jetzt gebt endlich Stoff.«

Sie spielten eine knappe Stunde ziemlich konzentriert, aber Fattys Fehlen machte sich bemerkbar. Marie bekam seine Gitarrenparts nur mäßig hin. Das Singen genügte ihr eigentlich völlig.

»Mann, damit kriegen wir bestimmt nur die Reste auf der Fete statt Vollverpflegung«, stöhnte Chris, als sie zusammenpackten.

»Ach, komm ... So übel war es nun auch wieder nicht. Wenn Ferdinand das nächste Mal dabei ist, klingt es um einiges besser.« Marie verstaute Noten und Wasserflasche in ihre Tasche.

»Hast du noch ein paar Minuten, Marie?«

Sie sah Lena überrascht an: »Ich werde zwar gleich abgeholt, aber klar, für dich immer. Tschüss, Chris, bis nächste Woche.« Die beiden Mädchen gingen nach draußen. »Was gibt es?« Von Claire war noch nichts zu sehen.

»Tja ...« Lena druckste herum, ehe sie antwortete: »Nick.«

»Was ist mit ihm?«

»Du kennst ihn doch schon total lange, oder?«

»Seit dem Kindergarten. Warum?«

»Es ist ... Ich weiß gar nicht, ob ich dich das fragen kann.« Jetzt lief sie rot an und fuhr sich nervös durch das Strubbelhaar.

»So eine Frage muss erst noch erfunden werden. Schieß schon los.«

»Hat er eine Freundin?« Endlich war es raus. »Ich meine, wir unterhalten uns viel und so, aber durchblicken lässt er das nicht. Einfach fragen kann ich ihn aber irgendwie auch nicht«, schob sie hastig nach.

»Unser Nick?«, fragte Marie verdattert. Hatte Lena das gerade wirklich gesagt? Dann grinste sie. »Das willst du bestimmt nicht ohne Grund wissen, oder?«

Lena hob unsicher die Hände: »Ich weiß nicht ... Er ist sehr lieb und wir können ewig quatschen. Aber er ist einfach etwas schüchtern in manchen Sachen und ich bin da auch nicht gerade eine Heldin.«

»Donnerwetter! Du und Nick? Da bin ich baff!«

»Ist ja noch gar nicht klar. Verrate bloß niemandem was. Vielleicht mag er mich gar nicht so sehr.«

»Junge, Junge ...« Marie lachte. »Das wäre super für euch. Passt wie die Faust aufs Auge. Dass mir das nicht eingefallen ist!«

»Unternimm aber bloß nichts.«

»Ja, ja, ich mische mich schon nicht ein. Keine Panik.« In ihren Augen funkelte es jedoch. »Eine Freundin hat er nicht, es sei denn, du zählst seinen Computer. Um ehrlich zu sein, hatte er noch nie eine.«

»Hab ich mir fast gedacht.« Lena lächelte zaghaft.

»Hast du schon was geplant?«

»Geplant? So was plant man doch nicht! Ich wollte nur sicher sein, dass ich mich da nicht in was Hoffnungsloses verrenne.«

»Hoffnungslos – das wäre nur Ferdinand. Von meinem Gefühl her hast du ziemlich gute Karten bei Nick.«

»Danke.«

»Nichts zu danken. Haltet mich auf dem Laufenden.«

Lena stieg auf ihr Fahrrad. »Ich mache einen RSS-Feed dafür auf.« Sie winkte und radelte davon.

Marie schaute ihr nach, ganz in Gedanken versunken. Lena und Nick. Warum nicht? Wenn zwei zueinanderpassten, dann die beiden. Würde ihr nur schwerfallen, ihnen nicht etwas auf die Sprünge zu helfen.

»Baggerst du jetzt schon junges Gemüse an?« Claires Stimme in ihrem Rücken. Marie fuhr mit einem leichten Schrecken herum. Die hatte sie für ein paar Augenblicke doch tatsächlich vergessen. Wie konnte sie nur ... Ihr Mund verzog sich zu einem spöttischen Grinsen: »Wenn du mich so lange warten lässt, muss ich mich eben anderweitig umschauen.«

»Maximal fünf Minuten und du wirst schon schwach.« Sie blieb vor Marie stehen und sah ihr in die Augen.

»Vielleicht ... vielleicht musst du dich mehr anstrengen.«

»Ach, ja? Und wie?« Claire kam noch näher.

Marie spürte eine angenehme Wärme in ihren Wangen. »Ein Kuss wäre ein guter Anfang, denke ich.«

»Denkst du?« Claire beugte sich vor und küsste sie auf den Mund. »Reicht das?«

»Ich bin nicht sicher ...«, erwiderte Marie schwer atmend.

Claire küsste sie noch einmal. Marie hielt sich nicht mehr zurück, sondern schlang die Arme um sie und zog sie dicht an sich. Als sich ihre Zungenspitzen berührten, glaubte sie, schreien zu müssen. »Das genügt«, keuchte sie, »für jetzt.«

»Gut.« Arm in Arm schlenderten sie in Richtung Hauptbahnhof. Marie wollte tausend Sachen sagen, aber in ihrem Kopf war nur ein Rauschen, das ihren ganzen Körper erzittern ließ. Sie schmiegte sich an Claires Schulter.

»Wo willst du hin?«

»Keine Ahnung. Zum Mond, wenn es dir nichts ausmacht. Aber eigentlich habe ich nichts geplant. Irgendwo was trinken. Einfach durch Köln schweben.«

»Es fängt gleich an zu pissen.«

»Und wenn es Fallout schneit, mir egal.«

»Du spinnst. Wie wäre es mit einem Kaffee bei mir? Ist zwar nur Instant, aber dafür kann man ihn im Bett schlürfen.«

In Maries Unterleib begann es zu kribbeln. »Meinst du das echt?«

»Du wirst es herausfinden. Da kommt der 151er, den nehmen wir.«

Die Fahrt verging wie im Traum. Draußen zog die Stadt vorüber, aber Marie versank in Claires Augen. Sie küssten sich selten, aber wenn, dann lange und intensiv. Einmal glitt ihre Hand unter das T-Shirt der Freundin und strich über die weiche Haut. »Warte doch, bis wir bei mir sind. Dauert nicht mehr lange.« Aber Claire schob die Hand nicht fort.

Köln-Flittard, sie stiegen aus. Marie war noch nie hier

gewesen. Eine Arbeitersiedlung, Reihen von identischen Mehrfamilienhäusern. »Da lang.« Claire führte sie die Spemannstraße hinab, bis sie vor einem der Häuser hielten. Rasen und ein paar Bäume darum, zwischen den Steinplatten vor der Haustür wucherte Unkraut. Nummer 22. Parterre hingen Spitzengardinen vor den Fenstern, gelb vor Zigarettenrauch. Der Hausflur war miefig, an der Kellertreppe rostete ein Kinderfahrrad vor sich hin, daneben türmten sich Plastiktüten voller Papier. Vor der Tür im ersten Stock lag eine ausgetretene Fußmatte. Der Name auf dem Klingelschild war nicht zu entziffern.

»Wenn wir Glück haben, sind meine Alten nicht da.« Sie betraten die Wohnung. Im engen Flur stank es nach Kippen. Auf dem Boden lagen achtlos ausgezogene Kinderschuhe verstreut. Aus einem Zimmer plärrte Musik, aus einem anderen der Fernseher. »Hm, volles Haus. Da rein. Ist besser, wenn sie nicht wissen, dass ich hier bin.« Claire schloss ihre Zimmertür auf und direkt hinter ihnen wieder zu. »Wenn sie da ist, dann ist meine Mutter um die Uhrzeit sicher schon besoffen, da gehe ich ihr lieber aus dem Weg. Fühl dich wie zu Hause.« Claire streifte die Jacke ab und ließ sie achtlos auf den Boden fallen. Marie schaute sich um. Kein Vergleich zu ihrem Zimmer. Alte Billigregale, ein Kleiderschrank voller Aufkleber, blauer Teppich, der sich unregelmäßig dunkel verfärbt hatte. Überall lagen Klamotten und Zeitschriften herum. Die Wand über dem ungemachten Bett war bedeckt mit Fotografien – Aufnahmen von Brücken, Betonpfeilern und Hauswänden. Ein paar Fotos kamen Marie vage vertraut vor. An den Orten darauf war sie sicherlich schon vorbeigekommen. »Ist das alles Köln?«

Claire war damit beschäftigt, einen verbeulten Wasserkocher mit Wasser aus einer Plastikflasche zu füllen. »Nee, alles Mögliche: Köln, Leverkusen, Düsseldorf, Ruhrpott. Wo ich gerade vorbeikomme.« Sie suchte zwei saubere Tassen und schaufelte Kaffeepulver hinein.

»Warum? Stadtromantik?«

Claire zögerte: »So ähnlich. Inspiriert mich halt. Willst du Milch? Dann muss ich in die Küche. Keine Garantie, dass da welche ist.«

Marie nahm den dampfenden Becher und setzte sich auf die Bettkante. »Geht so. Ohne Zucker, ich muss auf meine Linie achten.«

»Du?« Claire grinste und knuffte die Decke, um sich dagegen zu lehnen. »Mach keine Witze. Dein Bauch ist so glatt wie 'ne Marmorplatte.«

»Du hast ihn doch noch gar nicht gesehen.«

»Wenn du dich weiter zurücklehnst, schon. Probier es mal.« Sie warf ihr das Kissen zu und beobachtete, wie Marie es sich bequem machte.

Im Flur war ein leises Poltern zu hören, dann rüttelte jemand an der Klinke. Eine quengelige Kleinmädchenstimme drang durch das Holz: »Claire, bist du da? Ich muss mit dir reden!«

»Verpiss dich, Joan! Lass mich in Ruhe!«, keifte Claire zurück.

Unbeeindruckt vom feindseligen Tonfall fuhr das Mädchen fort: »Hast du Besuch? Ich weiß, dass jemand bei dir ist. Mama wird das gar nicht gefallen. Lass mich rein, oder ich sag es ihr!«

»Mama kann mich. Hau ab, oder du landest wieder in der Besenkammer.«

»Blöde Ziege!« Joan trat zweimal gegen die Tür, dann zog sie ab. Marie sah peinlich berührt zu ihrer Freundin hinüber. »Wir hätten besser zu mir gehen sollen.«

»Scheiß drauf, die lässt uns jetzt in Ruhe. Der blüht was, wenn sie noch mal auftaucht. Ist eh nur eine Halbschwester. Ignorier die einfach. Womöglich randaliert meine Alte auch noch, wenn sie einen in der Krone hat. Ist aber egal, solange hier abgeschlossen ist. Zur Not hauen wir durch das Fenster ab.« Sie nahm Marie den halb leeren Becher aus der Hand und stellte ihn zu einer Reihe anderer auf den Boden. »Genug von meiner Familie. Du bist wohl nicht hier, um über die Penner zu reden.« Jetzt küsste sie Marie und drückte sie auf das Bett.

»Hey, nicht so grob ...«

»Ich habe doch gesagt, dass dein Bauch glatt ist.« Ihre Hände glitten unter das Shirt. »Schön glatt, bis hier oben ...«

»Langsam«, keuchte Marie, aber ihre Gegenwehr erlahmte bereits. Claires Gewicht war angenehm, ihre Hände und Lippen überall.

»Zieh das besser ... aus ...« Ihre Augen funkelten, um ihren Mund lag ein harter Zug, auch als sie lächelte. »Die stören uns jetzt lieber nicht!«

Irgendwann später zündete sich die Rothaarige eine Zigarette an. »Sorry, danach brauche ich einfach ein Kippchen.« Sie lehnte gegen das Kissen und blies den Rauch in Richtung Decke. Nur die Lampe auf dem Nachttisch brannte. Draußen dämmerte es bereits und der Abend warf dunkle Flecken ins Zimmer. Marie lag an Claire geschmiegt, spürte die warme Haut, ihre Hand dicht unterhalb des Herzens der Freundin. Sie fühlte sich seltsam. Zum einen wohl und angenehm ausgelaugt. Ihr war danach, die Augen zu schließen, Claire festzuhalten und ewig so zu liegen. Eingefroren in der Schäbigkeit des Zimmers, im Zigarettenqualm, im Lärmen des Fernsehers aus dem Wohnzimmer. Aber gleichzeitig war da ein vages Unbehagen. Eine Stelle an ihrer Hüfte schmerzte, wo Claire sie gebissen hatte. Dazu das Gefühl, die Situation nicht unter Kontrolle zu haben. Aber vielleicht war sie Claires Direktheit einfach nicht gewohnt. Sie war völlig anders als Nelly.

»Irgendwelche Schuldgefühle?« Claire drückte die Kippe in einer Tasse aus.

Marie errötete und strich mit den Fingerspitzen sanft über Claires Unterlippe, dort, wo die Schwellung noch zu spüren war. »Sieht man das?«

»Ich kann in dir lesen wie in einem Buch. Und das, obwohl ich ansonsten gar nicht lese.«

»Hab ich befürchtet.« Marie küsste sie auf die Schulter und ließ offen, was sie damit gemeint hatte.

Aus dem Flur hörten sie die Haustür, dann schwere Schritte, die kurz vor dem Zimmer stehen blieben und sich wieder entfernten. Claire versteifte sich unwillkürlich.

»Alles okay?«

»Das war mein Vater. Wenn der so früh schon zu Hause ist, hat er schlechte Laune. Oder keine Kohle für die Kneipe, was auch nicht besser ist.«

»Schlägt er dich?«

»Quatsch. Der macht nur einen riesigen Terror und fetzt sich mit meiner Mutter. Ist wohl besser, wir verschwinden. Ich habe eh noch was vor.« Sie schlüpfte aus dem Bett und suchte sich Klamotten vom Fußboden zusammen. Marie beobachtete sie genüsslich beim Anziehen. »Ich sehe dich lieber nackt«, seufzte sie und rollte sich herum.

»Das muss jetzt warten, wir verduften. Ich gehe mal eben pinkeln.« Claire schloss auf und verschwand nach draußen.

»Wäre ja auch zu schön gewesen«, murmelte Marie und streifte sich ihre Sachen über. Das nächste Mal sollten sie sich bei ihr treffen. Dieses Zimmer war das reinste Loch. Sie sah sich angewidert um, bis ihr Blick an etwas hinter dem überfüllten Aschenbecher hängen blieb. Eine durchsichtige Plastikdose mit weißem Deckel. Gegen das Licht gehalten, erkannte sie ein paar Tabletten darin. *Tilidin* stand auf dem Etikett. Sagte ihr gar nichts.

Als Claire Momente später zurückkam, rasselte Marie leise damit: »Bist du krank gewesen?«

Claire fuhr herum und musterte sie aus harten Augen: »Nee, wieso?« Ihre Stimme klang kühl.

»Ich dachte nur, wegen der Tabletten …«

»Ach, so … ja. Die sind alt. Ich war mal krank. Hab sie

nur nicht weggeschmissen.« Rasch griff sie nach dem Döschen und stopfte es in ihre Jackentasche.

Marie erwiderte nichts. Aber Claires Antwort hatte irgendwie hohl geklungen. Vielleicht wusste ihre Mutter, wofür das Medikament gut war. *Tili…* wie hieß es noch gleich? *Tilidin*, genau.

»He, träumst du schon wieder? Ich will los. Bist du fertig?«

»Klar. War nur in Gedanken. Was hast du noch geplant?« Sie verließen die Wohnung und liefen in Richtung Haltestelle. Es regnete.

»Ich bin dir keine Rechenschaft schuldig, okay?«

»So war das auch nicht gemeint. Es interessiert mich halt, jetzt wo wir zusammen sind.« Irgendwie.

Claire schob ihren Arm unter Maries Jacke und kniff sie genau an die Stelle, in die sie vorhin gebissen hatte. »Du bist niedlich, wenn du unsicher wirst. War nur Spaß. Ich will nur meine Freiheit haben.«

»Ich doch auch.« Sie küssten sich.

»Gut. Ich treffe mich mit Nica, der Freundin, von der ich erzählt habe. Wir haben was zu tun.«

Marie nickte nur. Sie war sich nicht klar, ob sie da ein bisschen Eifersucht spürte. Sicher war sie sich ihrer Sache bei Claire nicht.

»Die musst du irgendwann mal kennenlernen, bin gespannt, wie du sie findest.«

Ihr Bus kam und sie fuhren zurück in die Innenstadt. »Ich rufe dich an, Marie, okay? Weiß noch nicht, was ich so vorhabe.«

»Lass mich nicht zu lange warten. Ich habe mich noch nicht an dir sattgesehen.«

Ehe sie sich am Wiener Platz trennten, umarmten sie sich innig.

16

Fatty maulte ununterbrochen. Seit sie sich am Neumarkt getroffen hatten und in die Linie 18 gestiegen waren, um gemeinsam den Sprayer zu treffen. Aber vermutlich moserte er schon den ganzen Tag rum, Nick hatte nur das Pech, mit ihm unterwegs sein zu müssen. Warum waren eigentlich nicht Marie oder Peggy mit ihm losgezogen? Klar, keine Uhrzeit, um sich als Mädchen auf irgendeiner verlassenen Baustelle umzusehen. Aber trotzdem …

»… ist das letzte Mal, dass ich so blöde Botengänge mache. Für irgend so eine Schwester von ’ner Tussi ausm Forum! Wenn ich das schon höre!« Nick beachtete ihn gar nicht weiter. Irgendwie wurde er das Gefühl nicht los, dass Peggy das mit Absicht machte. Ihn mit Fatty losschicken. Als ob sie dadurch dicke Freunde würden. Das konnte sie getrost vergessen. Der Kerl war notorisch schlecht gelaunt. Und in seinem Blick lag etwas Aggressives. Na gut, vielleicht übertrieb er etwas. Womöglich war Fatty nur angenervt und eifersüchtig. Auf ihn und Peggy! Er musste unwillkürlich grinsen. Also echt, nee. Das passte gar nicht.

»Ich finde das überhaupt nicht witzig, Ulmer. Wir machen uns hier zum Affen, ist dir doch klar, oder?« Fatty schlug mit der flachen Hand gegen die Scheibe.

Nicks Lächeln verschwand. Peggy und Fatty passte

aber auch nicht. »Sehe ich nicht so. Aber dir kann man es eh nicht recht machen.«

Fatty funkelte ihn an, erwiderte jedoch nichts. Schließlich fragte er unfreundlich: »Wo müssen wir hin?«

»Hier, ich habe einen Plan ausgedruckt. Ist ein gutes Stück zu Fuß, nicht gerade einfach zu finden.«

Der andere riss ihm die Blätter aus der Hand und besah sie missmutig, dann faltete er sie zusammen und schob sie in die Tasche seines Kapuzenshirts. *Tough Guys Only by McGee* prangte darauf. Nick wollte die Karte eigentlich zurückhaben, ließ es dann aber sein. War anscheinend wichtig für *Mr. Tough*, einen auf Anführer zu machen. Er lehnte sich zurück und blickte aus dem Fenster der Straßenbahn. Immerhin hatte es aufgehört zu schütten. Klettenberg zog vorbei, außer den Stadtlichtern war da nur Dunkelheit. »Auf dem zweiten Zettel steht auch was über Sprayer, hat Peggy zusammengestellt. Falls es dich interessiert.«

»Du wirst es mir schon erzählen, wenn es wichtig ist.«

Bleib doch doof! Nick putzte seine Brille und schwieg. Anstatt mit diesem Grimmzahn unterwegs zu sein, hätte er lieber was für die Schule tun sollen. Seine Mutter wunderte sich bestimmt, dass ihr Sohn plötzlich einen auf Party machte. Disco, Verabredungen am Abend. Das nahm sie überraschend entspannt hin. Heute war ohnehin Markus bei ihnen, da war es Nick recht, sich nicht blicken lassen zu müssen. Der Freund seiner Mutter war mindestens so ätzend wie Fatty. Na, mittlerweile vielleicht nicht mehr ganz so schlimm. Mal sehen, ob Fatty anders aus der Reserve zu locken war. »Hast du die Mail noch gelesen, die Peggy uns weitergeleitet hat?«

Fatty sah ihn unfreundlich an: »Wie denn? Ich hab keinen Rechner daheim.«

»Dann erzähle ich es dir. Stammt von Birdman, aus der Community, auch zum Thema Sprayer. Der will bloß möglichst anonym bleiben, daher hat er nichts gepostet.«

»Wenn er was ausgefressen hat ...«

»Darum geht es doch nicht. Ist halt 'ne Einstellungssache, was für Spuren man im Internet hinterlassen will. Jedenfalls hat der auch schon mal was mit Sprayern zu tun gehabt.«

»Na, und?«, gab Fatty gelangweilt zurück.

»Och, Mann! Also, der hat uns gewarnt, vorsichtig zu sein. War wohl ziemlich brenzlig, was damals bei ihm abgelaufen ist. Mit dem, was ich so über die Szene gelesen habe, kann das auch richtig krass werden. Die liefern sich Verfolgungsjagden mit dem Sicherheitsdienst der Bahn, angeblich auch kleine Gefechte.«

»Wenn schon ...«

»Kann halt sein, dass wir da in was hineingeraten. Ich wollte es nur gesagt haben!« Jetzt war Nick sauer. An Fatty prallte so was total ab. Aber nicht an ihm selbst. Die Warnung von Birdman bereitete ihm ein mulmiges Gefühl. Frustriert schüttelte er den Kopf und schwieg einige Zeit lang. »Efferen – hier müssen wir raus«, erinnerte er schließlich.

»Weiß ich doch, mach keinen Stress.« Sie verließen die Bahn, und Fatty mühte sich unter jeder zweiten Laterne, den ausgedruckten Stadtplan zu lesen. Nick trottete hinter ihm her. Einmal bogen sie falsch ab und mussten wieder zurück. Von der Haltestelle aus waren es mindestens zwanzig Minuten. Durch ein Gewirr von Straßen, dann zu brachliegenden Ackerflächen. Wenn sie immer weiter geradeaus wanderten, würden sie irgendwann nach Marsdorf kommen, da wo die ganzen Einrichtungshäuser waren. In einiger Entfernung verlief die Autobahn. Und endlich tauchte die Baustelle auf. Ein großes Areal, mit Maschendraht umzäunt. Das Skelett einer Lagerhalle zeichnete sich in der Dunkelheit ab, daneben eine riesige Grube. Weiter hinten stand ein Baukran neben Containerunterkünften. »O Mann, warum mussten wir uns gerade hier treffen?«

»Heimvorteil, denke ich.« Fattys Laune hatte sich scheinbar etwas gebessert. »Und eine Mutprobe, ob wir uns trauen. Ist ja nicht gerade erlaubt, sich nachts auf Baustellen herumzutreiben.«

»Vor allem gefährlich. Ich habe nicht mal eine Taschenlampe dabei.«

»Ich schon.« Fatty ließ eine kleine LED-Lampe aufflammen. Sie erreichten den Zaun. Der Lichtstrahl glitzerte in den Regentropfen daran. »Vor uns sind die Container, also muss hier irgendwo das Loch sein. Hilf schon suchen.« Er schritt an der Umzäunung entlang und rüttelte alle paar Meter daran. »Bingo!« An einer Stelle war der Maschendraht aufgeschnitten und ließ sich anheben. »Nach dir.« Seine Hand winkte den anderen hindurch und einen Moment später standen sie auf dem Gelände.

Nick hatte ein ungutes Gefühl dabei. Was, wenn es hier einen Wachdienst gab? Oder Hunde?

»Zum Kran«, zischte Fatty. Ihm machte das offenbar richtig Spaß. Auf dem Weg dorthin mussten sie sehr dicht an der Grube vorbei. Sie war mit Beton ausgegossen, auf dem dunkle Pfützen schimmerten. Es ging mindestens zehn Meter in die Tiefe.

Ihre Schuhe verursachten schmatzende Geräusche auf dem matschigen Boden. Einmal wäre Nick fast ausgeglitten und hatte sich nur mühsam auf den Beinen halten können. »Meine Mutter denkt, ich bin im Kino. Wenn die wüsste …« Am Rande der Baugrube fingen seine Knie an zu zittern. Der Untergrund war wirklich tückisch, ein falscher Schritt, einmal ausrutschen und er würde geradewegs abwärtssegeln. Es gab hier gar nichts, an dem er sich festhalten konnte.

Schwer atmend kam er auf der anderen Seite an. Sein Herz hämmerte wie wild. Fatty wartete schon. »Mann, wo bleibst du denn?«

»Ich hatte kein Bedürfnis, da reinzufallen!« Das Licht der Taschenlampe blendete ihn. »Nimm das doch weg.«

»Hättest du was gesagt … auf der anderen Seite ist ein Holzsteg.« Der bläuliche Kegel huschte an die besagte Stelle. Dort war ein Streifen mit Holzbohlen abgedeckt. Sogar ein Geländer gab es.

»Na, danke! Warum hast du den Weg nicht benutzt?« Nick wurde wütend. Grinste Fatty etwa?

»Habe es gerade erst gesehen, beruhige dich. Los, weiter.« Er hielt auf den Kran zu, der unheimlich vor ihnen in den Nachthimmel ragte. Nick folgte ihm widerwillig. »Und jetzt?«

Sie standen neben einem Satz Betonplatten, die das Baugerät am Boden hielten. Ihm war nicht bewusst gewesen, wie groß diese Dinger waren. Von hier unten konnte man den Arm des Krans kaum in der Finsternis erkennen.

»Wir warten.« Fatty lehnte sich gegen einen Stahlträger, knipste die Lampe aus und zündete sich eine Zigarette an. Der Glutpunkt war einige Zeit die einzige Bewegung.

Nicks Unbehagen wuchs von Minute zu Minute. Birdmans Warnung schoss ihm wieder durch den Kopf. Auf die hätte er gut verzichten können. Er war einfach nicht der Typ für solche Sachen. Sich in fremde Häuser schleichen, verbotenes Gelände betreten. Marie war da schmerzfreier und Fatty ... dem war das ohnehin egal. Wenn sie nun erwischt wurden? »Schon eine Viertelstunde überfällig.« Er ließ immer wieder seine LCD-Uhr aufleuchten.

»Entspann dich, Ulmer.«

Nick fuhr nervös herum. »Was war das?« Hatte er nicht ein Geräusch hinter ihnen gehört? Verstohlen wischte er sich die feuchten Handflächen an der Hose ab. »Ich glaube, da ist was.«

»Das bildest du dir ein.« Fatty schnippte die Kippe fort und schaltete die Lampe wieder ein. Matsch, die Stahlträger und das Gerippe des Krans. Niemand sonst.

Nick atmete erleichtert aus. Wenn in der nächsten Zeit nichts passierte, konnten sie abhauen.

Plötzlich prallte etwas mit lautem *Klonk* neben ihnen

gegen das Metall. Vor Schreck spürte er einen Stich in der Brust.

»Hey!« Der Lichtkegel tanzte im Zickzack umher. Da, auf der Strebe des Krans stand jemand. Eine Gestalt in dunkler Hose, Jeansjacke und Baseballcap, tief ins Gesicht gezogen.

Mit einem Grunzen setzte sich Fatty in Bewegung und trat ins Innere des Baukrans. »Bist du Prisoner?« Obwohl er nicht schrie, klangen seine Worte in der Stille unangenehm laut.

»*PrisONEr*«, antwortete eine raue Stimme. »Ihr seid Fatty und Nick?« Er blieb dort oben, sodass sie sich die Hälse verrenken mussten, um ihn sehen zu können.

»Yo, was soll das Versteckspiel?«

»Musste absolut sicher sein, dass ihr mich nicht linken wollt.«

Eine neue Zigarette, dann: »Und, bist du zufrieden?«

»Weiß ich noch nicht. Eigentlich wollte ich mit Peggy reden.« Fatty beleuchtete eine Stelle zwischen ihnen, sodass Nick PrisONEr nur als Schatten wahrnehmen konnte. Der Stimme nach war er älter als sie.

»Die kann nicht. Ich bin ihr Freund, genügt das?«

»Mal schauen. Sagt, was ihr wollt.«

»Du bist dran, Streber«, zischte Fatty und strahlte ihm einen Moment mitten ins Gesicht.

Nick schluckte. »Uh … wir … wir haben hier ein Foto.« Er zog es hastig aus der Innentasche. »Von einem Mädchen. Die suchen wir. Also ihre Schwester sucht sie. Wir helfen nur.« Jetzt hielt er das Bild hoch, auch wenn der Sprayer es auf die Entfernung unmöglich erkennen konnte.

»Was hat das mit mir zu tun?«

»Die hier auf dem Bild, Veronica heißt sie, interessiert sich auch für Graffiti. Womöglich kennst du sie oder hast sie schon mal gesehen?«

»Ich bin nicht die Auskunft.«

»Aber du bist immerhin hier, also interessiert es dich doch. Du kannst ja mal einen Blick darauf werfen.« Obwohl Fatty ihn missbilligend ansah, fügte er noch ein »Bitte!« an.

Ein kurzes Schweigen, ehe PrisONEr antwortete: »Ich weiß noch nicht, ob ich euch trauen kann. Immerhin seid ihr schon mal keine Checker.«

Jetzt schaltete sich Fatty ein: »Nun komm schon! Wir sind hier, keine Bullen weit und breit und wegen deiner Sprayerei sind wir auch nicht gekommen.«

»Das behauptest du.«

»Himmel, was sollen wir denn tun? Unsere verdammten Ausweise zeigen? Wenn wir dir was wollten, hätten wir dich schon längst kassiert.« Fattys Stimme klang aggressiv. »Wäre doch kein Problem, jemanden von hinten an dich ranschleichen zu lassen, während du mit uns redest. Dann wärst du geliefert.«

»Ich habe ohnehin Vorsorge getroffen, falls ihr Stunk macht!«

Nick hörte dem Wortgefecht der beiden zu. Hoffentlich ging das nicht schief. Wenn PrisONEr nicht alleine war, sondern ein paar seiner Kumpels irgendwo auf der Lauer lagen … hatten Fatty und er so ziemlich keine Chance. »Provozier ihn doch nicht auch noch«, flüsterte er ihm zu.

Aber Fatty winkte ab: »Wer führt sich denn hier auf wie Mr. Arschloch persönlich?«

Mr. Tough, dachte Nick, erwiderte aber nichts.

»Willst du uns jetzt helfen, oder was?«

PrisONEr schwieg, dann knurrte er: »Okay, ich sehe es mir an. Aber ich verspreche gar nichts.« Er kletterte geschickt zu ihnen herunter. Neben der Cap hatte er sich mit einem roten Tuch vermummt. Außer den Augen und etwas dunklem Haar war nichts zu erkennen. Von der Statur her war er hager, etwa so groß wie Fatty.

»Danke«, sagte Nick und reichte ihm die Aufnahme.

»Hier ist Licht.« Die Taschenlampe richtete sich auf das Foto.

Der Sprayer ließ sich Zeit bei der Betrachtung, ehe er es zurückgab.

»Und, kennst du sie?«

»Bin nicht sicher. Ist keine Writerin aus meiner Crew.« Er trat wieder ein paar Schritte zurück.

»Ach, Mist.« Nick besah sich das Bild. Allzu enttäuscht sollte er nicht sein. War ja auch ziemlich unwahrscheinlich gewesen, hier was ausrichten zu können.

»Was wollt ihr tun, wenn ihr sie gefunden habt?«

»Mit ihrer Schwester Kontakt aufnehmen. Die macht sich Sorgen.«

»Mehr nicht?«, bohrte PrisONEr weiter.

»Wenn du meinst, dass wir die Polizei einschalten oder

so – nee. Wie es dann weitergeht, liegt ganz bei Kim und ihrer Familie.«

»Ist nicht mein Bier«, ergänzte Fatty.

»Dann habe ich vielleicht was für euch. Aber ihr nennt weder meinen Namen noch sonst irgendwas, verstanden?«

»Versprochen! Schieß los!«

»Zeig noch mal das Pic. Ist darauf kaum wiederzuerkennen. Wenn es die ist, die ich meine, dann sieht sie mittlerweile komplett anders aus. Absolut anderer Style. Haare kurz, Piercings, etwas dünner. Und nicht so schnieke Klamotten.«

»Du kennst sie doch?« Nick strahlte. Das waren endlich mal gute Neuigkeiten.

»Wie gesagt, ich bin nicht hundertprozentig sicher. Ein anderes Bild habt ihr nicht?«

»Wir können noch welche besorgen, aber dabei haben wir keins mehr.«

»Lass mal. Wird sie schon sein.«

»Also?« Fatty wurde ungeduldig.

»Die war mal bei uns. Wollte in eine Crew und hing 'ne Zeit lang mit uns ab. Hat sogar bei einem E2E mitgemacht. War nicht schlecht, ist aber nicht mit uns klargekommen. Hat lieber gecrosst, als sich kreativ einzubringen.« Er hielt inne und erklärte: »*Crossen* heißt, dass sie lieber Bilder übermalt hat. Aber nicht, um jemanden Spezielles zu dissen, sondern aus Bosheit. Hat ihr Spaß gemacht. Egal, jedenfalls war sie nicht gerade beliebt. Hat auch nichts getan, um das zu ändern. Eher im Gegenteil.

Hätte sich mal fast mit einem von uns geprügelt. Ist dann einfach nicht mehr aufgetaucht.«

»Wann war das?«

»Ungefähr zwei Monate her, denke ich. Hab ihre Tags seitdem nicht mehr gesehen.«

Fatty nahm einen Stein vom Boden und schleuderte ihn in Richtung Baugrube. »Also keine Ahnung, wo sie ist?« Mit leisem Poltern schlug das Wurfgeschoss unten auf.

»Nein, ich habe nichts mehr von ihr gehört. Bin auch nicht traurig deswegen.«

»Mist!«

»Aber ich weiß jemanden, der vielleicht 'ne Ahnung hat.«

»Echt?« Nick schaute ihn neugierig an.

»Ja, als sie mit uns unterwegs war, zog sie oft mit einer anderen Writerin rum. Ist aber keine aus der Crew. Wir haben sie *Schwestern Grimm* genannt. Grimmig, versteht ihr? Außerdem haben sie an einem Piece gearbeitet mit einem Rotkäppchen im Manga-Stil.«

»Hat die auch einen Namen, diese Schwester?«

»*LiRe*, *Little Red*. Hat rötliches Haar. Ihr echter Name ist Claire, Familiennamen weiß ich nicht. Von ihr stammt das Rotkäppchen, niedliches Piece, sieht man mal vom blutigen Messer ab.«

»Weißt du zufällig auch, wo wir diese Claire finden können?«

»Nicht sicher. Ist auch nicht mehr aufgetaucht. Wenn ich mich recht erinnere, hat sie in 'ner Videothek gejobbt. Irgendwo auf der Frankfurter Straße.«

»Mann, das ist ja die reinste Rennerei. Ist das alles solide?«, fragte Fatty unwirsch.

»Mehr hab ich nicht. Wenn's euch nicht genügt, ist das Pech.«

Nick hob beschwichtigend die Hände: »Nein, das ist super. Vielleicht hilft es uns. Danke! Das meine ich ehrlich.«

»Okay, dann verdufte ich mal wieder.« PrisONEr musterte sie noch einmal eingehend. »Von mir habt ihr nichts, klaro?« Dann drehte er sich um und verschwand in die Nacht.

»Was für'n Spacken«, sagte Fatty laut genug, dass es der Sprayer noch gehört haben musste.

»Sei doch still! Wir sollten zusehen, dass wir hier wegkommen.«

»Mach dir nicht ins Hemd. Was soll hier schon passieren? Wachhunde hätten uns schon längst gefunden.« Er schwenkte die Lampe und ging langsam vorwärts.

»Hey, lass uns am Geländer entlang.«

»Dann sehen wir uns drüben, ich lauf doch keinen Umweg.«

»Blödmann«, zischte Nick leise. Aber über die Planken war es sicherer. Fatty und das LED-Licht konnte er schon nicht mehr sehen. Vom Mond auch keine Spur. Es war gerade hell genug, dass er seine Schuhe erahnen konnte. Wie einsam es hier war. Neben ihm gähnte die Grube wie ein bodenloses Loch. Pechschwarz und unheimlich. Nick hielt sich am Geländer fest, bis er die andere Seite erreicht hatte. Dann noch ein paar Schritte quer dazu und er musste bei Fatty sein. Er keuchte vor Anstrengung. Einmal knackte es hinter ihm und er zuckte zusammen. Wahrscheinlich nur der Wind. Hoffentlich.

Jetzt musste er doch die Lampe irgendwo sehen können. Oder war sie ausgeschaltet? Da, das war die Stelle, an der sie vorhin vorbeigekommen waren. Aber wo war Fatty? Wenn es nur nicht so dunkel wäre, er konnte kaum was erkennen. Bei den Containern vielleicht? Nein, nichts. Und totale Stille. Richtig beklemmend. »Pst, Fatty! Wo bist du?« Keine Antwort. »Wir wollten doch abhauen.« Wieder nichts. Nick spürte einen Kloß im Hals. Hatten sie sich verpasst? Das ging wohl kaum, es sei denn, Fatty hatte nicht gewartet. »O Mann!« Das wäre ihm zuzutrauen. So ein Mist. »Hey, hör auf mit dem Scheiß. Komm schon, mach das Licht an.« Oder hockte der irgendwo und beobachtete ihn? Nick strengte sich an, aber es war nichts Verräterisches zu hören. Zu sehen schon gar nicht. Okay, keine Panik. Er würde noch fünf Minuten warten, wenn sich dann nichts tat, musste er ohne Fatty nach Hause.

Nick sah auf die Uhr. Die Sekunden schienen ewig zu brauchen, um zu verstreichen. Der tauchte bestimmt nicht mehr auf. Also Abmarsch.

Da war die Grube und dort die Container, dann mussten sie etwas links davon hergekommen sein. Zögernd bewegte Nick sich vorwärts. Das Schmatzen seiner Schritte war das einzige Geräusch, während er sich unsicher in Richtung Zaun kämpfte. Nein, das war falsch. Noch weiter nach rechts. Fast wäre er gegen ein paar

Rohre gerannt. Dann stieß er sich schmerzhaft den Zeh an einem Stein. »Blöder Mist!« Wo war denn dieser Zaun? So groß konnte das doch hier gar nicht sein. Nicht, dass er im Kreis lief und wieder auf das Bauloch zuhielt. Wenn er da reinfiel, konnte er sich das Genick brechen. Oder mit gebrochenen Beinen da unten liegen bleiben. Beim Gedanken daran wurde ihm schlecht. Sein Handy! Damit konnte er etwas Licht machen. Nicht viel, aber wenigstens um den Erdboden zu checken. Wenn ihn jetzt einer erwischte, dann ... Endlich, der Zaun! Es galt nur noch, das Schlupfloch zu finden. Da war es!

Nass geschwitzt zwängte Nick sich hindurch. Draußen! Nichts wie weg hier. Er fing an zu laufen, wurde aber bald darauf langsamer. Keine Ahnung, von woher er genau gekommen war. Über ein Feld, aber davon gab es um ihn herum plötzlich mehr als genug. Vor ihm erstreckte sich eine Wohnsiedlung, in der nur noch ein paar Fenster erleuchtet waren. Konnte sein, dass er in diese Richtung musste. Oder noch etwas weiter am Zaun entlang? Die Autobahn im Rücken, trabte er los. Vielleicht erkannte er was wieder. Die ersten Häuser schon mal nicht. War ihm alles völlig unbekannt. Wo lag die Haltestelle? Er wandte sich nach links, dann bog er nach rechts ab. Das war bestimmt nicht richtig. Die Straßennamen sagten ihm überhaupt nichts. Er wurde nervös. Bald fuhr die letzte Bahn. Wenn er die nicht erwischte, hatte er ein echtes Problem. Es war auch niemand unterwegs, den er fragen konnte. Eine Sackgasse, also wieder zurück. Nick begann zu schwitzen. Mittlerweile hatte er sich total verlaufen. So kam er nicht weiter. Er war fast eine halbe Stunde ziellos umhergerannt. Was nun? Geld für ein Taxi hatte er nicht. Seine Mutter anrufen? Blieb wohl nichts anderes übrig. Die würde sich freuen! Eine sinnvolle Erklärung, wie er vom Kino aus hier gelandet war, die Schuhe völlig verdreckt, hatte er auch nicht. Überhaupt nicht. Und selbst wenn seine Mutter im Moment eher locker drauf war, wenn sie ihn beim Lügen ertappte, dann wäre die Hölle los. Es gab Dinge, die konnte sie absolut nicht ausstehen.

Marie, die konnte ihm vielleicht helfen. Hastig suchte er ihre Nummer im Handy und wählte. »Hallo! Ich richte gerade meinen atombombensicheren Bunker ein, daher ist der Empfang wohl unterbrochen. Hinterlasst mir also eine Nachricht. Wenn die Welt nicht untergeht, rufe ich zurück.« Ihre Mailbox. Nick legte auf, ohne was gesagt zu haben. Seine Welt ging auf jeden Fall gerade unter!

Blieb noch Peggy. Der musste er dann auch noch erklären, dass Fatty ihn abserviert hatte. Super, echt super. Er scrollte zu ihrem Eintrag, hielt aber vorher inne. Lena. Die würde ihm helfen, bestimmt. Ob er sie so spät noch anrufen konnte? Einen Versuch war es wert.

17

Lena schloss leicht genervt die Zimmertür. Wieso konnte sich ihr Vater seine Sprüche auch nie verkneifen! *Anruf der NASA, eine Sensation, Leben auf dem Mars, ein Junge, jetzt live am Telefon zugeschaltet.* Mann, sie brauchte unbedingt einen eigenen Anschluss.

»Hallo, wer ist dran?« Es war nicht die NASA, sondern Nick. Er stotterte und klang ziemlich aufgelöst. »Hey, schön, dass du mal anrufst. Das war nur mein Vater, der meldet sich gerne so am Telefon. *NASA* ist noch harmlos, manchmal antwortet er auch mit *Klapsmühle Seeblick* oder so. Physiker sind komisch. Was gibt es?«

Nick redete wie ein Wasserfall. »Du hast dich verirrt? Kein Problem. Warte, ich muss an den anderen Rechner. Bin gerade am Programmieren. Nee, du störst nicht.« Sie schaltete den Laptop auf dem zweiten Arbeitstisch ein. »Hast du einen Straßennamen und eine Hausnummer? Super. Schollsbrücke, okay.« Mit googlemaps hatte sie beinahe sofort seinen Standort. »So, ich hab dich auf dem Schirm. Du bist nicht in Efferen, sondern in Stotzheim. War da ein Flüsschen, über das du musstest? Genau. Jetzt schau mal, irgendwo muss eine Abzweigung in den Frielsweg sein. Den gehst du nach links.« Sie wechselte in die Luftbildansicht der Karte, dann wieder zum Plan. »Ist ein Stückchen bis zur nächsten Straßenbahnhaltestelle.

Welche ist dir lieber, Marsdorf oder Hürth-Hermülheim?« Gleichzeitig rief sie die KVB-Fahrpläne auf. »Dann nimm lieber die 18. Bist du an der nächsten Kreuzung? Sollte eine größere Straße sein, genau. Nach links und immer geradeaus. Die führt dich geradewegs auf die Luxemburger. Über die in die Böckler und du bist fast da. Beeil dich lieber, die nächste Bahn fährt gleich. Ruf mich an, wenn du in der Bahn bist, okay? Bis gleich.«

Hoffentlich schaffte er es. Die nächste 18 kam erst sehr viel später. Lena rief ein Wetterwidget auf und gab die Postleitzahl von Hürth ein. Immerhin regnete es dort im Moment nicht.

Jetzt musste Nick die Haltestelle eigentlich erreicht haben. Was der um diese Uhrzeit da draußen machte? Endlich klingelte es. »Hallo?«, rief sie in den Hörer. Er war es. »Du sitzt in der Bahn? Super. Da bin ich erleichtert. Du musst mir morgen erzählen, was überhaupt passiert ist, in Ordnung? Wir können uns wieder vor den Biologieräumen treffen. Zweite Pause, alles klar. Komm gut nach Hause, ja? Und schlaf gut!« Dann legte sie auf.

Zeit, selbst ins Bett zu gehen, programmieren konnte sie auch morgen noch. Ihr stand der Sinn ohnehin nicht mehr nach SETI-Daten und Kommandozeilen. Lena ertappte sich dabei, wie sie vergnügt vor sich hin summte, als sie ins Bad ging. So was ... Sie kannte sich selbst gar nicht wieder. Aber schließlich hatte Nick sie ja auch gerade angerufen. Sie. Nicht Peggy oder Marie. Da konnte man schon ein bisschen summen.

18

»Da bist du ja endlich! Wir warten schon.« Claire umarmte Marie und tauschte einen kurzen Kuss. Sie wirkte nervös.

»Sorry, ging nicht schneller.« Vor einer knappen halben Stunde hatte sie Marie angerufen und zum Barbarossaplatz beordert, ohne sagen zu wollen, was los war. Mitten aus den Hausaufgaben gerissen. Irgendwie ging gerade alles drunter und drüber. So viele Dinge zu tun. Nur, dass Marie meistens an was anderes dachte. Oder eher an jemand Spezielles. Sie hatte in letzter Zeit auch kaum was in der Community gemacht. Jetzt hatte sie sich abgehetzt, damit sie pünktlich hier war. Und dann gab es nur eine maue Begrüßung. »Was ist denn los?«

»Erzähle ich dir gleich, komm, ich will dich Nica vorstellen.« Sie zog Marie neben den Eingang des *Archer's*. Dort lehnte eine junge Frau in einer ähnlichen Lederjacke wie Claire. Sie war stämmig, mit sehr kurzem, lila und schwarz gefärbtem Haar, Piercings in Ohren, Nase und Brauen. Ihre Lider waren dunkel geschminkt, ihre Oberlippe rot, die Unterlippe schwarz. Am Halsausschnitt ihres T-Shirts sah man den Teil einer Tätowierung, eine Schlange, die sich um einen Apfel wand.

»Das ist Marie«, stellte Claire vor.

Nica musterte sie mit kaltem Blick. Obwohl sie unbeweglich dastand, ging etwas Aggressives von ihr aus. Als wäre ihre Oberfläche glatt, aber alles darunter scharfkantig. Gefährlich. Schließlich lächelte sie, aber es war nicht ein Quäntchen Freundlichkeit darin. »Okay.« Ihre Stimme war rau. Wie alt mochte sie sein? Schwer zu sagen, mindestens zwanzig.

Claire schien erleichtert, und der Griff, mit dem sie Maries Arm festhielt, lockerte sich. »Dann gebe ich dir mal ein Update.« Sie schob Marie vor das Fenster des Sandwichladens. Der war hell erleuchtet, mit maisgelben Sitzen und allem und zum Bersten voll.

»Was denn?« Marie versuchte die Spannung abzuschütteln, die von den beiden ausging. Aus den Augenwinkeln beobachtete sie Nica. War die eifersüchtig? Konnte ja durchaus passieren. Aber irgendwie glaubte sie das nicht. Irgendwas anderes. Die waren drauf, als würden sie jeden Moment explodieren. Fahrige Bewegungen, unruhige Blicke. Außerdem hatte Claire eindeutig Angst vor der anderen gehabt, als sie Marie vorgestellt hatte.

Sie verwarf die Gedanken und griff nach der Hand, die ihren Arm umklammerte. Ein bisschen Nähe konnte nicht schaden. Claires Haut war heiß und trocken, erinnerte Marie an das Bett und andere Dinge, die sie …

»Ganz hinten in der Ecke, die drei Typen.«

»Was soll da sein? Hey, das ist Strähnchen. Seid ihr deswegen hier?«

»Ich bin ihr schon seit dem frühen Abend auf den Fersen. Erst war sie bummeln, dann hat sie sich mit diesen Mackern getroffen.«

»Und?«

»Was *und*? Heute ist Zahltag, ich habe doch gesagt, dass da noch eine Rechnung offen ist.«

Marie bekam ein mulmiges Gefühl. »Was habt ihr vor?«, fragte sie vorsichtig.

»An ihr dranbleiben und eine Lektion erteilen. Mir steht eine Revanche zu.«

»Und wie soll die aussehen, bitte schön?«

Claires Augen funkelten hart. Zudem spürte Marie, dass Nica sie beobachtete.

»Wie wohl? Sie kriegt eine rein.«

»Ihr wollt sie verprügeln?« Marie konnte es kaum glauben. »Meint ihr das?«

»Nein, wir wollen Händchen halten. Was bist du denn für ein Vogel?«, mischte sich Nica ein, die Arme vor der Brust, das Kinn vorgestreckt.

»Ich bin kein Vogel.« Marie hatte das Gefühl, auf Glasscherben zu spazieren. Wenn sie was Falsches sagte, würde sich die Wut der beiden schnell gegen sie wenden. »Claire, das kann doch nicht dein Ernst sein …«

Der Griff ihrer Freundin verkrampfte sich so sehr, dass Marie vor Schmerz das Gesicht verzog. »Jetzt fang nicht mit so was an. Du hast gesehen, was die mit mir gemacht haben.«

»Ja, schon …«

»Soll das wieder passieren?«

»Nein, natürlich nicht. Aber so was ist doch keine Lösung.«

»Scheiße, Marie, komm mal runter. Das ist nicht irgendeine flauschige Wolke in Ehrenfeld. Die ficken mich, ich ficke sie. Aber so, dass die nicht noch mal auftauchen. So funktioniert das.«

Nica war hinter Marie getreten, sodass sie zwischen den beiden eingekeilt war. Um wen ging es hier überhaupt? Um das Mädchen dahinten am Tisch oder um sie? Marie schluckte: »Was wollt ihr denn?« Mit Nica in unmittelbarer Nähe zeigte sich Claire ziemlich tough.

»Hey …« Sie fasste nach Maries Kinn und starrte ihr direkt in die Augen. Ihre Berührung war bestimmt, keineswegs sanft. In ihrem Blick lag diese Härte, aber gleichzeitig auch das Glitzern, das sie gesehen hatte, als sie miteinander geschlafen hatten. Verwirrend. Marie wusste nicht genau, an was sie da dran war. »Wenn wir zusammen sind, dann musst du ein bisschen auf dem Boden ankommen, okay? Hier, das hilft bestimmt.« Der Kuss war drängend, atemlos. »Besser?«

In Maries Wangen brannte es. Himmel, was für ein Kuss! Sie wollte jetzt ganz woanders sein. Mit Claire allein. »Das geht alles so schnell.« Das war es. Die ganze Sache raste an ihr vorbei. Nein, sie raste hinein.

Das Lächeln auf Claires Lippen war amüsiert, vielleicht ein bisschen spöttisch. »Willkommen im freien Leben. Wir legen ein flottes Tempo vor.« Sie nickte Nica zu und ließ Marie los. »Du musst dich einfach ein bisschen fallen lassen. Nicht alles so eng sehen und kontrollieren. Manche Dinge finden ihre eigene Geschwindigkeit.«

»Ja, das ist so ein Problem …« Wie gut Claire sie durchschaute. Es schien fast so, als sähe Marie nur dieses

Mädchen – das rote Haar, die Sommersprossen, diese Augen. Nichts sonst um sie herum. Der Rest war Rauschen. »Also …?«

»Du steigst bei uns ein. Wir geben den Takt an.« Das war Nica in ihrem Rücken.

»Aber du tust nichts, was du nicht willst, okay?« Claire sah durch die Glasscheibe. »Sei einfach dabei. Wir machen ihr ein bisschen Angst, vielleicht kassiert sie eine. Verdient hat sie es, oder?« Ihre Fingerspitze berührte die Unterlippe.

»Ich weiß nicht … vermutlich schon.«

»Du kneifst also nicht? Das ist gut.« Nica schien zufrieden. »Ich halte hier die Stellung, ihr zieht euch ein bisschen zurück. Wenn sich was tut, gebe ich euch ein Zeichen.«

Die beiden begaben sich in den Schatten einer Litfaßsäule. Marie griff nach Claires Hand. »Ich mag die nicht.«

»Ach, halb so wild. Hast dich gut geschlagen. Wenn sie dich einmal akzeptiert hat, kannst du dich hundert Prozent auf sie verlassen.«

»Wenn du meinst … Wie habt ihr euch kennengelernt?«

»Och, halt so.« Claire zögerte und warf einen schnellen Blick in Nicas Richtung. Die lehnte neben dem Eingang, rauchte und beobachtete beiläufig, was im *Archer's* vorging. »Du erinnerst dich an die Bilder über meinem Bett? Darüber. Wir haben quasi ein gemeinsames Hobby.«

»Fotografieren?«

»Du Dummchen. Das sind nur Locations. Du hast sie doch gesehen, jetzt rate mal, was man da so machen kann.«

Marie überlegte einen Moment, dann nickte sie langsam: »Graffiti. Ihr seid Sprayer?«

»Ja, Writer. Kannst du halt nicht an die große Glocke hängen. Ich zeige dir nachher mal unser Piece. Ein echt cooles Teil.«

»Mmh.« Marie wurde still. Auf den Aufnahmen waren hauptsächlich Brückenpfeiler und Hauswände zu sehen gewesen. Das bedeutete, dass die beiden nicht gerade legal sprayten. Nicht unbedingt eine Sache, die sie gut fand. Sprayer ... irgendwas war doch neulich damit gewesen? Es wollte ihr nicht einfallen. Momentan spukte ihr nur Claire im Kopf herum. Claire, Claire, Claire ...

»Es geht los.« Ein grober Knuff gegen den Arm riss Marie aus ihren Gedanken. Irgendetwas Wichtiges hatte sie vergessen. Keine Ahnung, was.

Strähnchen und einer der Typen kamen heraus und schlenderten in Richtung Zülpicher Platz. Nica lief nicht weit hinter ihnen, die kannten sie nicht. Marie und Claire ließen sich etwas zurückfallen.

»Wir müssen sie ohne den Macker erwischen. Sieht zumindest nicht aus, als hätten die was miteinander.« Sie folgten dem Paar bis zu einer Eisdiele, an der Haltestelle davor trennten sich die beiden. »Sehr gut.« Claires Hände ballten sich abwechselnd zu Fäusten. »Jetzt brauchen wir nur noch ein Plätzchen, an dem wir ungestört sind.«

Auch Marie spürte die Anspannung. Ihre ganze Aufmerksamkeit galt Strähnchen, die absolut keine Ahnung hatte, dass sie ihr folgten. Auf der einen Seite wusste sie, dass es nicht in Ordnung war, was hier passierte. Auf der anderen war es ... aufregend. Mit Claire zusammen, auf der Jagd. Noch war nichts geschehen und vielleicht tat es das auch nicht. Bis dahin ... Sie lächelte ihre Freundin an, die grinste zurück. Vermutlich empfand sie den gleichen Kitzel.

Sie gingen jetzt in Richtung Universität. Die Straße war hell erleuchtet mit ihren Cafés und Dönerläden. Weiter unter dem Südbahnhof hindurch. Strähnchen und Nica auf der anderen Straßenseite. Bald kamen sie zur Mensa und dem Hauptgebäude der Uni. Aber jetzt ging es nach links. Ebenfalls ein Unigebäude mit Rasen und ein paar Bäumen davor. Der Weg führte auf die Luxemburger Straße. Hier war es augenblicklich merklich ruhiger. Fast beschaulich, nur ein bisschen Straßenlärm, ein Jogger.

»Meine Chance«, zischte Claire. »Nica schneidet ihr den Weg nach vorne ab. Du hältst hier hinten die Stellung.«

»Was soll ich?« Marie fühlte sich überrumpelt.

»Bleib hier auf dem Weg. Lass sie nicht abhauen.«

»Und wie soll ich das anstellen?«

»Mach es einfach!« Claire fasste nach ihrem Kopf und küsste sie grob. Dann ließ sie Marie stehen und stürmte vorwärts. Es war ziemlich dunkel, trotz der Laternen. Sie konnte kaum etwas erkennen. Da vorne die weiße Trainingsjacke. Dahinter eine Silhouette. Claire hatte Strähchen eingeholt. Jetzt war sie neben ihr. Marie hielt den Atem an. Was passierte jetzt? Sie waren gleichauf und dann ... dann schlug Claire aus heiterem Himmel zu. Oder hatte es eine Warnung gegeben? Es war nichts zu hören gewesen und alles lief blitzschnell ab. Das Mädchen ging zu Boden. Der Hieb musste sie am Kopf getroffen haben. »Verdammt!« Maries Magen verkrampfte sich. Sie spürte, wie ihr kalter Schweiß ausbrach. Noch ein Schlag.

Das ging nicht! Sie musste etwas tun, konnte nicht tatenlos zusehen. Aber gerade als sie loslaufen wollte, richtete sich Strähnchen wieder auf. Und begann zu rennen, den Weg hinab. Claire setzte ihr nach. Einen Moment sah Marie nur noch die zwei Schatten, dann nichts mehr von den beiden. War Strähnchen entkommen? Irgendwo lauerte noch Nica auf sie. Marie biss sich schmerzhaft auf die Unterlippe. Scheiß drauf, sie musste nachsehen. Keuchend lief sie in die Richtung, in der die Mädchen verschwunden waren. Einmal meinte sie einen Schrei zu hören. Womöglich nur Einbildung. War denn hier sonst niemand? Der Weg gabelte sich und sie zögerte. Links ging es wieder zum Bahnhof, rechts weiter zur Luxemburger. Keine von den dreien war zu sehen. So ein Mist. Marie kehrte um und kam durch einen schmalen Durchgang, der von einem Zaun und hohen Sträuchern begrenzt wurde. Hoffentlich war es nicht schon zu spät ...

Plötzlich war da ein Geräusch vor ihr und sie erschrak heftig. Im nächsten Augenblick taumelte ein Schatten zwischen den Sträuchern hervor. Marie hätte fast geschrien. Es war Strähnchen, die mindestens ebenso überrascht war. Ihre Jacke war zerrissen und aus ihrer Nase tropfte Blut. Sie standen sich gegenüber, zwei Meter zwischen ihnen. So ohne Weiteres konnten sie nicht aneinander vorbei. Ihre Blicke trafen sich. Angst – das war es, was Marie darin las. Große Angst. Wie bei einem gehetzten Tier. Das versetzte ihr einen tiefen Stich. Sie schluckte und trat einen entschlossenen Schritt zur Seite. Keine von beiden sagte ein Wort, als Strähnchen an ihr vorbeirannte. Dann war sie um die Ecke verschwunden.

Marie lehnte sich gegen den Zaun. Ihr war schlecht und kalt. Die Euphorie von eben war wie weggeblasen. Stattdessen war da nur Ekel.

Hastige Schritte näherten sich, dann kam Claire in den Durchgang. Sie war unverletzt und wäre fast an Marie vorbeigelaufen. »Da bist du, alles in Ordnung?« Sie atmete schnell und konnte kaum still stehen. »Hast du sie gesehen? Das Miststück ist uns entwischt.«

»Sie ist … weg …« Musste sie sich übergeben? Nein, es ging. Ihre Knie zitterten nur heftig. Was für eine Scheiße.

»Verdammter Dreck«, fluchte Claire und trat wütend gegen den Zaun. Einmal, zweimal, beim dritten Mal wandte Marie sich ab. Sie hatte Kopfschmerzen und wollte nur noch fort.

Beinahe wie aus dem Nichts war Nica aufgetaucht. In der Dunkelheit war nur ihre helle Haut zu erkennen. Marie konnte sie nicht ansehen, klammerte sich am Maschendraht fest und legte die Stirn auf den Arm.

»Sie ist abgehauen«, knurrte Claire und kam zu ihnen.

»Fuck. Hättest du sie nicht festhalten können, bis wir da sind? Hey, dich meine ich!« Nica stieß Marie an.

»Hab ich aber nicht«, gab sie gepresst zurück. Mit dem Handrücken wischte sie sich über den Mund, aber der bittere Geschmack wollte nicht verschwinden. »Ich habe genug. Ich hau ab.« Sie richtete sich auf.

»Immer langsam, Mädchen. Ich habe nicht gesagt, dass du gehen kannst.«

Jetzt wurde Marie zornig. Sie wusste, dass es keine gute Idee war, mit Nica Streit anzufangen, aber sie war zu aufgekratzt, um sich zusammenzunehmen. »Da muss ich dich doch wohl nicht um Erlaubnis fragen!«

Ein ausgestreckter Finger bohrte sich schmerzhaft in ihren Brustkorb. »Du hast es verbockt, oder?«

»Gar nichts habe ich. Lass das …« Sie griff nach dem Finger, war aber zu langsam. Nica stand nun direkt vor ihr. Die Aggressivität, die von ihr ausging, war deutlich zu spüren. Als würde sie jeden Moment austicken.

»Pass bloß auf, dass ich nicht …« Die Hand ballte sich zur Faust, aber in diesem Moment schob sich Claire dazwischen: »Shit, hör auf. Marie ist in Ordnung. Komm schon, wir kriegen die Schlampe ein anderes Mal.« Ihre Stimme zitterte. Claire war selbst völlig überdreht, hatte aber gleichzeitig Angst vor der Blonden.

Für ein paar Sekunden schien es, als würde Nica auf Claire losgehen, dann wandte sie sich mit einem Grollen ab: »Verdammte Scheiße.«

Claire atmete erleichtert aus: »Ist wohl besser, wenn du für heute Schluss machst.«

»Nichts lieber als das«, erwiderte Marie schwach. »Kommst du mit?«

»Ich kann nicht …« Ein schneller Blick auf Nica. »Sorry.«

»Aber ich würde gerne … mit dir reden.«

»Später mal, okay? Ist jetzt wirklich nicht gut.« Sie lächelte verkrampft.

»Wäre aber wichtig.« Marie blickte sie eindringlich an.

»Kann sein, geht jetzt aber nicht.«

Deprimiert senkte Marie den Kopf. »Ich verstehe schon.« Sie fühlte sich, als wäre sie gerade vom Rand der Welt gefallen.

Claire berührte sie am Arm und küsste sie rau. »Weiß ich nicht, ob du das verstehst. Ich rufe dich an, in Ordnung?«

»Vermutlich …« Sie nickte müde.

»Gut. Bis dann.« Und plötzlich war Claire weg. Nica auch. Nur Marie war noch da. Allein, mit einem schmerzhaften Pochen in der Brust.

19

»Lass mal reden, Fatman.« Micha und Hardy waren unvermittelt neben ihm aufgetaucht, als er mit einem Rosinenbrötchen vom Büdchen kam. Der eine trug wieder die Sonnenbrille, der andere seine Lederkrawatte. Sie bugsierten ihn in die hinterste Ecke des Pausenhofes. Hier stand eine Sitzbank, die mit Sprüchen beschmiert war. Hardy und Micha setzten sich auf die Lehne.

»Was geht ab, Mann?« Fatty schlang das letzte Stück des Brötchens hinunter. Er hatte immer noch Hunger, aber die restliche Kohle brauchte er für eine neue Packung Kippen.

»Generalprobe«, erwiderte Micha und spielte mit seinem Schlüsselbund.

»Ich bin nicht in der Theater AG.« Fatty grinste.

»Aber ich. Spiele einen trotteligen Polizisten.«

»Echt wahr?«

»Klar. Du weißt doch noch, worüber wir gesprochen haben? Das wird konkreter. Wir geben eine *Vorstellung*, verstehst du?«, sagte Micha.

»Gecheckt. Was, wann und wo?«

»Ist quasi ein Testlauf, bevor wir was Größeres anpacken. Ein bisschen Übung und sehen, ob du wirklich mitziehst. Wir haben da einen kleinen Kiosk ausgespäht, genau richtig.«

»Die haben da doch nachts keine Asche drin.«

»Mir schon klar. Aber eine ganze Menge Zeugs, das ich jemandem verscherbeln kann. Ist schon gesichert.«

Fatty grübelte einen Augenblick darüber nach. Das war nicht ganz das, was er sich vorgestellt hatte. Eigentlich hatte er sich gar nichts vorgestellt, außer der Kohle. Bei einem Kiosk klang das nach wenig, vor allem, wenn man es durch drei teilen musste. »Ich dachte, wir machen was Fettes?«

»Kommt noch«, erwiderte Hardy. »Wie gesagt, nur eine Probe. Aber keine Bange, du machst schon deinen Schnitt. Wie sieht es aus?«

Kein Zögern jetzt. »Bin dabei.«

»Hey!« Hardy stand abrupt auf. »Da geht der kleine Scheißer! Dem sage ich mal Guten Tag!« Seine Hand deutete auf Nick, der auf dem Weg zur Sporthalle war.

Doch Micha hielt den anderen zurück. »Mach langsam. Wir wollten uns bei dem Penner doch erst mal zurückhalten. Das hier ist wichtiger. Außerdem hat die Burger Pausenaufsicht, die wartet nur darauf, uns was anzuhängen.«

»Ach, Shit. Hatte ich vergessen.« Hardy rückte seinen Schlips zurecht und sah feindselig hinter Nick her, bis dieser verschwunden war.

»Also weiter: Die Bude macht um 22:00 Uhr Schicht. Ist ein kleines, einzelnes Ding an 'ner Straßenbahnhaltestelle. Bis Mitternacht ist da Betrieb, danach haben wir freie Bahn. Wir hebeln die Tür auf, du stehst Schmiere. Aufpassen, dass niemand von der Haltestelle kommt. Wir sichten das Angebot und beim Einsacken packst du gegebenenfalls mit an.«

»Ihr könnt euch auf mich verlassen.«

»Okay. Wir sagen dir kurzfristig, wann die Sache steigt und alles.«

Fatty nickte. Endlich war was angesagt. Das war genau der Break, den er gebraucht hatte. Als die Klingel schrillte, verabschiedete er sich mit Handschlag. Fett!

20

Durch sie verlief ein Riss. Genauer gesagt, durch ihr Bild im Spiegel, der einen Sprung von oben nach unten hatte. Aber Marie fand, dass dieser Bruch heute zu ihr passte. Es fühlte sich noch immer an, als wäre sie selbst in tausend Stücke zersprungen. In dieser Nacht hatte sie schlecht geschlafen und sich nach dem Aufwachen übergeben. Ihr Vater hatte sie daraufhin für heute in der Schule entschuldigt. Über die Gründe hatte sie ihm allerdings nichts erzählt. Jetzt ging es ihr wieder einigermaßen, aber sie war noch immer blass und hatte dicke Ringe unter den Augen. Der Abend gestern war wie ein Traum gewesen. Wie ein schlechter, wohlgemerkt. Kein Vergleich zu den seltsamen Träumen, die sie ansonsten manchmal hatte. Nur war es eben keiner, sondern verdammt echt. Claire hatte sich den ganzen Tag über nicht gemeldet. So schwer es ihr auch fiel, Marie hatte es sich verboten, ihrerseits anzurufen. Was für ein grauenhafter Vormittag. Dann hatten sich auch noch Peggy und Nick angekündigt, samt heißen Neuigkeiten bezüglich der Ausreißerin. Auf dieses Thema hatte Marie absolut keinen Bock, aber es war immer noch besser, als alleine Trübsal zu blasen. Sie streckte ihrem Spiegelbild die Zunge heraus. »Selber!«, sagte sie schlecht gelaunt.

»Was?« Nick schaute von dem Film-noir-Bildband auf,

in dem er geblättert hatte. Er saß so still auf dem Kissen vor dem Schreibtisch, dass sie ihn ganz vergessen hatte. Ihre Begrüßung war ohnehin ein bisschen unterkühlt gewesen. Vermutlich war er noch immer sauer wegen der Burger. Das war ebenfalls nichts, über das sie gerade reden wollte. Aber er hatte auch nichts weiter gesagt, sondern sich hingesetzt und gelesen. »Ach, nichts«, erwiderte sie. »Wo bleibt denn Peggy?« Sie griff ungeduldig nach *Traumtanz*, der *Jenseits der Träume*-Zeitschrift. Aber eigentlich hatte sie alle Artikel darin schon gelesen.

»Brauchst du das Poster oder kann ich es haben?«

»Luther Swansea? Der ist total ölig, guck, wie der grinst. Kannste haben. Ich finde Adalbert besser.«

»Den sieht man doch nie.«

»Eben drum.« Es klingelte und sie sprang auf. »Na, endlich!«

Maries Vater hatte Peggy bereits hereingelassen, und kurze Zeit später kam sie ins Zimmer gerauscht, zwei Einkaufstüten in der Hand. »Kinder, ist die Stadt voll.« Sie ließ sich auf das Bett sinken. »Die Ehrenstraße ist ein einziger Menschenauflauf. Hallo, Nick.« Sie winkte erschöpft in seine Richtung.

Marie reichte Becher herum und goss Tee aus der Thermoskanne ein. »Warst du frustkaufen?«, fragte sie und deutete auf die Einkäufe.

»Was denn sonst?« Peggy richtete sich auf und kramte in einer der Tüten. »Und für dich habe ich auch was. Du kannst bestimmt eine Aufmunterung vertragen.« Sie reichte Marie ein kleines Päckchen.

Die nahm das Geschenk zögernd an. Von gestern Abend konnte sie doch gar nichts wissen. Wie kam Peggy darauf, dass sie down war? »Danke …« Es war ein weinrotes *Emily*-Sweatshirt.

»Hat dir Nick schon was erzählt?«

»Nee, habe ich nicht. Ich dachte, es wäre besser, wenn wir zusammen …« Er sah betreten zu Boden. Nach seinem Besuch auf der Baustelle hatte er Peggy eine Zusammenfassung durchgegeben. Dabei hatte er jedoch nichts von Fattys abruptem Abgang gesagt. Als er am Telefon dann den Namen Claire erwähnt hatte, war sie unruhig geworden. Erst nach mehrmaligem Nachfragen war Peggy schließlich damit herausgerückt, dass Maries neue Freundin den gleichen Namen hatte. Nick fand das nicht weiter dramatisch, so was gab es. Allerdings hatte ihn Peggy mit ihrer Nervosität angesteckt, und falls es wirklich eine schlechte Nachricht war, wollte er nicht der alleinige Überbringer sein.

»Was denn?« Marie streifte das Sweatshirt über. Saß wie angegossen. »Schießt los.«

»Mach schon, Nick.« Peggy zauberte ein paar Schokokekse aus ihrer Handtasche.

Er seufzte: »Also gut …« Blieb es doch an ihm hängen. Kurz und knapp umriss er, was sie beim Treffen mit dem Sprayer in Erfahrung gebracht hatten. Als er geendet hatte, fragte er: »Und, was meint ihr? Aus den Augenwinkeln beobachtete er Marie.

Auch Peggy beugte sich vor: »Ja, was meinst du?«

Gar nichts meinte sie! Das konnte überhaupt nicht

sein! Nicks Claire sollte ihre Claire sein? Peggys Vero ihre Nica? Schwachsinn. Was wäre das für ein beschissener Zufall, ausgerechnet dieser Claire zu begegnen. In Köln! Und sich dann auch noch in sie zu verlieben! Aber ... Graffiti ... Wie wahrscheinlich war es wiederum, dass es mehrere Claires in der Kölner Sprayerszene gab? Rothaarige Claires? Vero – Veronica – Nica. Mist. Sie sprang auf, stürzte zum Schreibtisch und klappte hastig den Laptop auf. Peggy hatte das Foto gemailt. Marie hatte es sich doch angesehen ...

»Erde an Marie, bitte melden! Was ist denn los?«

»Ich muss mir das verdammte Bild ansehen!«

»Lass aus, ich habe es dabei.« Peggy zog die Aufnahme aus der Handtasche.

Marie riss sie ihr aus der Hand und ließ sich schwer in den quietschenden Bürostuhl fallen. Nein, das Mädchen darauf hatte überhaupt keine Ähnlichkeit mit Nica. Total bieder, dicker, langes Haar. Sie versuchte, es sich wegzudenken. Vielleicht. Mit einem Kugelschreiber begann sie auf dem Foto herumzukritzeln. Piercings in Nase und Braue, Totenkopfohrringe. Mmh ... nicht mehr völlig ausgeschlossen. Schwester Grimm, so hatte der Sprayer sie genannt. Wohl nur halb im Scherz, nach Nicas Auftritt von gestern. Sie war beileibe keine Märchentante, sondern ziemlich krass unterwegs. Marie warf das Foto auf den Boden. Verdammt.

Nick hob es auf, besah es sich und gab es weiter. »Was ist denn nun?«

Marie rieb sich die Augen. Das Gefühl von gestern war

mit einem Schlag wieder da. Ein Klumpen in der Magengegend, den sie nicht rauswürgen konnte. Als hätte sie unbemerkt die Kontrolle über alles verloren. Einfach so. Die Dinge geschahen, ohne dass sie etwas dagegen tun konnte. Ein paar üble Tritte, die das Schicksal da austeilte. Sie schüttelte den Kopf. Bullshit – nichts davon ließ sich auf etwas Mystisches wie *Schicksal* schieben. Oder Gott. Es lag allein an ihr. »Ich weiß es nicht …«, gab sie deprimiert zu.

»Und das heißt? Kennst du sie?« Peggy wedelte mit der beschmierten Aufnahme.

»Eigentlich nicht. Die sehen sich überhaupt nicht ähnlich. Eure Vero und die Nica, die ich kennengelernt habe. Eine Freundin von … Claire.«

»Aber sie heißt Nica? Das ist kein großer Schritt zu Veronica.«

»Ja, ja, und sprayen tut sie auch.« In was war Marie da reingeschliddert?

»Ich wette, das ist sie!« Nick rückte aufgeregt seine Brille zurecht. »Hast du irgendein Rotkäppchen-Motiv bei denen gesehen?«

»Nee, bestimmt nicht. Irgendwie glaube ich das auch alles nicht.«

»Also ich schon. Spricht alles dafür. Das müssen wir gleich Kim mailen.«

Marie schüttelte den Kopf: »Warte noch damit, Nick. Wir müssen erst sicher sein, dass sie es wirklich ist.« Sie brauchte Zeit, um ihre Gedanken zu ordnen. Das war einfach zu viel auf einmal.

»Ich weiß nicht. Was denkst du, Peggy?«

»Kann schon sein, dass wir noch warten sollten. Sonst schüren wir bloß falsche Hoffnungen. Kannst du ein Treffen mit dieser Nica arrangieren? Dann würden wir es sofort wissen.«

Marie antwortete zögernd: »Vielleicht, aber ich muss da alleine nachhören. Das ist nicht so einfach.«

Peggy sah sie skeptisch an, nickte aber schließlich. »Ist wohl besser. Glücklich klingst du aber nicht.«

»Wir hatten ... ein bisschen Stress gestern, nichts Wildes.« Das war klar untertrieben. Aber Marie konnte ihr nicht ohne Weiteres davon erzählen. Peggy würde nie verstehen, warum Marie bei der Jagd mitgemacht hatte. Sie verstand es ja selbst kaum. Nur weil sie so auf Claire abfuhr? Weil sie war, was Marie auch unbedingt sein wollte? Frei und unabhängig. Ganz zu schweigen von ihrem Aussehen. Wenn sie nur an Claire dachte, dann ... Marie zwinkerte die Gedanken fort. »Aber es geht schon. Ich werde schauen, dass ich mich mit Nica treffe. Das dauert womöglich etwas.«

»Na, in Ordnung. Aber wir haben nicht allzu lange Zeit. Das passt einfach alles zu gut.«

Es passte gar nicht, zumindest nicht in Maries Kram. Eigentlich hatte sie warten wollen, bis Claire sich meldete. *Wenn* Claire sich meldete. Aber jetzt musste sie anrufen.

»Hey ...« Peggy berührte sie am Knie. »Alles okay? Wenn du reden willst ...«

»Danke, aber momentan nicht. Ich bin wohl immer

noch nicht ganz fit, das ist alles.« Gut fühlte sie sich tatsächlich nicht, nur war daran nicht die Übelkeit schuld. Es war der Gedanke an Nica und daran, wie mies die gestern Abend drauf gewesen war. Wie sie auf Fragen zu ihrer Familie reagieren würde, konnte Marie sich nur zu gut vorstellen. Aber genau deshalb durfte Peggy nicht dabei sein. Die kam mit solchen Leuten überhaupt nicht klar. Hoffentlich Marie selbst …

»Ja, du siehst aus, als gehörtest du wieder ins Bett. Wenn was ist, ruf mich an, okay? Ansonsten sag uns Bescheid, wenn du was herausbekommen hast.« Sie umarmte ihre Freundin.

»Gut. Danke …« Wofür auch immer.

Nick lächelte aufmunternd. Dann waren sie endlich gegangen.

Mit einem Stöhnen sank Marie auf ihr Bett. »Scheiße!« Vielleicht konnte sie einschlafen und erst in einem Jahr wieder aufwachen. Oder in zehn. Aber ihre Hand kroch unaufhaltsam auf ihr Handy zu, das auf dem Nachttisch lag. Sie musste Claire anrufen …

21

Der Kuss war stürmisch, fast schon ein Biss. Claire … Claire … Claire … Trotzdem schien es, als wären sie beide nicht ganz bei der Sache. Als läge der letzte gemeinsame Abend wie ein Schatten über ihnen. Ihre Lippen lösten sich, zurück blieb ein Pochen. Und ein säuerlicher Geschmack. Dazu passten die unregelmäßigen Regentropfen und der Wind, der an ihnen zerrte.

Sie hielten sich fest, Maries Hände am Gürtel der Freundin. Festklammern, nicht loslassen. Sonst riss einen der Sturm fort. Oder die schlechten Gedanken. Claire …

»Also, warum wolltest du mich treffen?« Der Blick der grünen Augen war hart, wie der Schimmer eines Edelsteins.

Gewissheit, das war es. Marie musste wissen, ob Nica wirklich Veronica war. Doch nicht nur das. Etwas Tiefergehendes, das sie sich noch nicht zu fragen traute. Sie zwang sich zu einem Lächeln. »Du wolltest mir noch was zeigen, erinnerst du dich? Ein Bild.«

»Ach, das … Muss das heute sein?«

»Warum nicht? Wir haben uns gestern nicht gesehen.«

Claire zögerte, hin und her gerissen zwischen irgendetwas. »Interessiert es dich wirklich?«

Marie hakte sich bei ihr ein. »Was denkst du denn?«

Gemeinsam schlenderten sie die Kalker Hauptstraße

entlang. Ob Claire bis eben bei Nica gewesen war? Vermutlich, denn die wohnte hier irgendwo. Nach einer knappen Viertelstunde erreichten sie einen Supermarkt mit einer Parkhauseinfahrt daneben. »Da runter.« Der Gestank von Abgasen hing in der Luft. Die weiße Wandfarbe war angelaufen und blätterte in großen Flocken ab. An fast jeder Säule prangte ein Tag, manchmal auch aufwendigere Schriftzüge oder Bilder. Und an jede Wand war etwas gesprüht. Eine coole Dschungellandschaft mit schwebenden Steinen, auf denen ein Fakir saß. Ein riesiger Schriftzug in Silberfarbe, der bis unter die Decke reichte: *The Konzil rulz*. Ein anderer in Orange und Blau, den Marie nicht entziffern konnte.

»Das da.« Claire zeigte auf ein Graffito in der Ecke. »Wie findest du es?«

»Das habt ihr gesprayt?«

»Ja, das ist unser Piece.« Ein Rotkäppchen im Manga-Stil. Langer, roter Kapuzenumhang, nur die niedlichen Kinderschühchen und Hände waren zu sehen. Und das Küchenmesser, überdimensioniert, die Klinge blutverschmiert. Ein starker Kontrast zwischen Manga-Niedlichkeit und Slasher-Schocker. Der Umhang hatte beinahe dieselbe Farbe wie das Blut.

»Wen hat die denn umgebracht?«

Claire lehnte sich stolz dagegen. »Ach, alle unsere Feinde. Politikerschnösel, Bullen, Lehrer. Wer immer gerade nervt.«

»Tja ...« Das Kunstwerk gefiel Marie gar nicht schlecht, aber die einzig passende Antwort auf ihre Frage wäre *den bösen Wolf* gewesen. Fand sie zumindest. Wie Nica und Claire mit *Feinden* umgingen, hatte sie erlebt. Möglich, dass Marie das Piece auch schon an anderen Stellen in Köln gesehen hatte. Auffällig genug war es. Hinter Rotkäppchen hatte sich ein Schriftzug mit 3D-Effekt befunden, der übersprayt worden war. »Cool«, antwortete sie schließlich.

»Find ich auch. Das Messer hat sie dem Jäger abgenommen, ehe sie ihn abgestochen hat. Ist mein Entwurf. Nica hat ihn nur verfeinert. Sag ihr aber nicht, dass ich dir das gezeigt habe, okay? Die ist da empfindlich.«

Jetzt war Maries Chance. »Können wir über sie reden?«

Claire wurde misstrauisch: »Über Nica? Warum?«

»Ich …« Was sollte sie sagen? »Ja, aber nur, wenn du magst.«

»Ist egal, was ich mag, Nica will kein Gerede über sich.«

»Du kannst nicht mal über sie reden?«

»Wenn ich das mache, habe ich früher oder später Ärger deswegen.« Claire starrte auf den Boden.

»Ich sage doch niemandem etwas. Oder bist du so abhängig von ihr?«

Die Antwort kam stockend und klang nicht ganz überzeugend. »Quatsch. Sie will halt nicht, dass man …«

»Komm schon, du wirst das kaum im *Stadtanzeiger* lesen.«

Claire schien unsicher zu sein, das erste Mal, seit sie sich begegnet waren. Sie blickte über die Schulter auf das

Küchenmesser, dann fragte sie: »Warum bist du so scharf darauf, was über Nica zu erfahren?«

»Verschiedene Gründe. Aber nach der Szene an der Uni kannst du mir das wohl kaum abschlagen.«

»Okay …« Sie nickte langsam. »Aber lass uns an die frische Luft gehen, hier unten erstickt man ja.« Sie gelangten über die Rampe nach draußen. Es hatte noch immer nicht aufgehört zu regnen. Claire zündete sich eine Zigarette an und sog nervös daran.

»Wie lange kennst du Nica schon?«

»Ein paar Monate, weiß nicht so genau.«

»Und wie habt ihr euch kennengelernt?«

»Beim Sprayen. Ich habe mit ’ner Crew abgehangen, war aber nicht wirklich mein Ding. Da kam sie irgendwann dazu.«

»Einfach so?«

»Was heißt *einfach so*? – Sie kannte halt ein paar Leute in der Szene. War Zufall, dass wir uns dann getroffen haben. Ich war gerade mit Rotkäppchen beschäftigt und sie hatte coole Ideen dazu.«

Die nächste Frage fiel Marie besonders schwer: »Und dabei hat es gefunkt zwischen euch beiden?«

Claire schaute sie von der Seite an und seufzte: »Nicht, wie du meinst. Nicht wie zwischen uns. Am Anfang war es nur so ein physisches Ding. Aber dann … ist halt viel mehr daraus geworden. Sie weiß, wo es langgeht. Weiß, was sie will. Das mit ihr ist wie der Rausch beim Sprayen. Schnell und verdammt gut. Vorher war alles nur so halb, als würden die richtigen Farben fehlen.«

Das kannte Marie. Eine gute Beschreibung für die Zeit, die sie miteinander verbrachten. »Und Nica, was ist das alles für sie?«

»Es gefällt ihr. Sie ist so ein bisschen *alles oder nichts.*«

»Claire ... ich muss mal mit ihr sprechen.« Das war nicht unbedingt so geschickt gefragt, wie sie es gerne gehabt hätte.

»Vielleicht machen wir mal wieder was zusammen. Aber jetzt gerade ist es schlecht. Sie ist ziemlich angepisst wegen diesem Abend.«

Ein freundlicher Ausdruck dafür, dass Nica auf Marie losgegangen wäre, hätte Claire nicht eingegriffen. »Es muss aber bald sein, am besten noch heute.«

»Warum denn das? Warte lieber noch ein bisschen, ist wirklich besser.« Sie meinte es ernst. Da lag Besorgnis in ihrer Stimme.

»Nein, das geht nicht.« Sollte sie mit allem rausrücken? Nicht, dass Claire sich ausgenutzt vorkam. »Es mag sich komisch anhören, aber ich glaube, wir suchen Nica. Also ich ...«

Die andere versteifte sich: »Was soll das denn heißen? Wer ist *wir*?«

»Keine Panik! Nichts wegen dem Sprayen oder so. Ich habe dir doch von unserer Community erzählt. Da gibt es ein Mädchen, die sucht ihre ältere Schwester. Die soll vor ein paar Monaten aus dem Internat abgehauen sein und ist seitdem verschwunden. So wie es aussieht, könnte das Nica sein.«

»Blödsinn!«

»Nein, glaube ich nicht. Die Schwester heißt Veronica, ist etwa so alt wie wir und interessiert sich für Graffiti.«

»Da gibt es bestimmt viele, ist doch egal.«

»Weiß ich doch. Mir gefällt es ja auch nicht. Aber ich muss sichergehen.«

»Hat das was mit den Bullen zu tun?«

»Nein, gar nicht.« Marie zog den Ausdruck von Veronicas Bild aus der Jackentasche. »Hier, kannst du sie erkennen? Die Aufnahme hat ihre Schwester gemailt.«

Claire betrachtete das Bild widerwillig, ihr Gesicht verfinsterte sich. »Das wird ihr nicht gefallen ...«

»Also ist sie es? Ich war nicht hundertprozentig überzeugt.«

»Sieht so aus.«

»Kann ich jetzt mit ihr reden? Das ist das Erste, was ich tun will. Ansonsten weiß noch niemand davon.«

Claire blickte vom Foto zu Marie, dann die Straße hinunter. Ihre Haltung war angespannt. »Shit, ich weiß es nicht. Sie wird bestimmt scheiße drauf sein, wenn ich dich anschleppe. Und genauso scheiße, wenn ich ihr nichts davon stecke und sie es trotzdem erfährt.« Sie atmete tief ein. »Das ist nur für dich, okay? Wenn deine Freunde deswegen auftauchen oder so, kannst du es vergessen. Warte hier, ich checke mal ab, ob sie da ist.« Damit drehte sie sich um und eilte den Bürgersteig zurück.

Marie spürte den Impuls, sich an Claires Fersen zu heften. Damit sie selbst etwas mehr wusste. Aber sie nahm sich zusammen und blieb neben einem Zeitungsautomaten stehen. Minuten verstrichen. Hatte Claire sie sitzen gelassen? Nein, bestimmt nicht. Außer, Nica hatte etwas in der Art verlangt. Daran würde Claire sich bestimmt halten.

Endlich kehrte die Freundin zurück. Sie wirkte verändert, ihre Miene verschlossen.

»Und?«

»Ja, du kannst mitkommen.« Claire war außer Atem. »Aber Nica ist nicht begeistert. Absolut nicht! Pass bloß auf, was du da abziehst. Dabei kann ich dir nicht helfen.«

»Ich ziehe gar nichts ab.« Marie fasste sie am Arm. »Hey … danke«, sagte sie sanft und küsste Claire flüchtig auf den Mund. Keine Erwiderung, aber ein Schimmern in den Augen. Als hätte die Berührung ihr wehgetan.

Wortlos machten sie sich auf den Weg und bogen in eine schmale Seitenstraße ab. An fast allen Häusern war Graffiti. Wirkte ziemlich heruntergekommen. Kein Ort, an dem Marie bei Nacht hätte sein wollen. Eine alte Frau zerrte einen fetten Dackel über den schmutzigen Gehsteig, aus einer offenen Haustür drang fremdsprachiges Geschrei. Vor einem Mehrfamilienhaus blieben sie stehen. Im oberen Stock war ein Fenster mit Pappe verkleidet, aus einem anderen hing eine knallrote Bettdecke.

»Da rein.« Die Eingangstür hatte ein kaputtes Schloss, im Flur dahinter roch es nach Katzenpisse. Das Licht funktionierte nicht. »Keller.« In Claires Stimme schwang keinerlei Emotion mit. Auf der Treppe stapelten sich alte Zeitungen und kaputte Kartons. Man hatte den Keller umgebaut und zwei Wohnungen darin untergebracht. Überall an den Wänden prangten Tags. »Die linke Tür.«

Dahinter befand sich ein mittelgroßer Raum voller Gerümpel. Es war aber keine reine Abstellkammer, denn es gab ein Bett und eine Küche. Beides lag im Wettstreit, was versiffter sein konnte. Noch führte die Spüle. An den Wänden, die nicht mit Regalen verstellt waren, hingen Poster mit Pin-up-Girls.

»Du gute Güte!«, entfuhr es Marie. Hier unten gab es nur ein winziges Fenster und das stand nicht mal offen. Frische Luft hatte die Bude lange nicht gehabt. Dann erkannte Marie, dass jemand unter der Bettdecke lag. Ein nackter Männerfuß schaute heraus.

»Das ist bloß Detlef, ein Junkie. Total harmlos. Nica bezahlt ihm die Miete, dafür lässt er sie hier wohnen.«

»Hier?!«

»Na, im Nebenzimmer.« Sie gingen zu einer zerkratzten Metalltür. Claire klopfte – dreimal lang, einmal kurz. Einen Moment später wurde aufgeschlossen und sie traten ein. Eine breite Matratze und allerlei Kissen auf dem Fußboden, zwei völlig unterschiedliche Sessel und mehrere verzogene Holzkisten. Sah alles aus wie die Reste vom Sperrmüll. Die Wände waren schwarz gestrichen und mit Postern der Dresden Dolls und Emilie Autumn vollgepflastert. Aus einem billigen Gettoblaster drang Gruftimusik. Dazu roch es nach Zigarettenqualm und Räucherstäbchen.

Nica ließ sich gerade in einen Sessel fallen, ein Bein über die Lehne gelegt.

Claire zog die Tür zu und hockte sich auf eine Matratze. Sie vermied es, Marie anzusehen.

Die blieb stehen und studierte Veronica. Es bestand kaum Ähnlichkeit mit dem Foto. Einzig die Nase vielleicht, wenn man sich die Piercings wegdachte. Selbst die Augen sahen anders aus, ihr Blick wie ausgewechselt. Aggressiv und selbstsicher. Marie schaffte es nicht lange, ihm standzuhalten.

»Was willst du?« Kein Hallo, kein angebotener Platz.

Mit der geschlossenen Tür kam Knastgefühl auf. Es gab keine Möglichkeit, auszuweichen oder sich aus dem Weg zu gehen. Nur Konfrontation. Angriff war die beste Verteidigung. Hoffentlich ... »Hallo, Veronica.« Marie holte das Bild aus der Tasche und ließ es auf den Boden vor dem Sessel gleiten.

Einen Moment herrschte bedrückendes Schweigen, fast als hätten alle drei die Luft angehalten. Claire biss sich nervös auf die Unterlippe.

Mit einer gelangweilten Bewegung hob Nica das Foto auf, betrachtete es einen Moment und zerknüllte es dann ganz langsam. Die Knöchel ihrer Faust zeichneten sich dabei weiß unter der Haut ab. »Schön für dich. Soll ich dir 'nen Orden anheften?«

»Den habe ich wohl kaum verdient.«

Veronica holte aus und warf den Papierball achtlos in Richtung Marie. »Haben sich meine Alten die Mühe gemacht?«

»Nein. Kim, deine Schwester.«

»Ich weiß, wer Kim ist. Die blöde Keule.«

»Sie macht sich Sorgen um dich, wie deine Eltern auch.«

»Die können mich alle mal. Von mir aus sollen die verrecken.« In ihrer Stimme schwang Hass mit.

Marie schluckte. Das klang heftig. Dass man seine Familie gegebenenfalls nicht mochte, okay. Aber sie gleich tot zu wünschen … »Ich brauche wohl nicht zu fragen, ob du dich bei ihnen melden willst?«

»Spar dir den Atem. Die können mir gestohlen bleiben.«

»So schlimm?«

Nica lachte dreckig. »Geht dich einen Scheiß an. Aber Claire hat mir schon gesagt, dass du so 'ne Selbsthilfegruppe im Internet hast. Ein paar Penner, die nichts Besseres zu tun haben, als sich in die Sachen von anderen einzumischen.«

»*Interessieren* ist das Wort. *Kümmern* oder *helfen.*«

»Bullshit.«

»Wundert mich nicht, dass du es nicht verstehst.« Marie warf Claire einen Blick zu. Die war bleich geworden und machte keinerlei Anstalten, sich irgendwie einzumischen. Es schien, als hätte sie Angst.

»Warum interessiert es dich, was zwischen mir und meiner Familie abgeht?«

»Weil deine Schwester um Hilfe gebeten hat.«

»Die soll sich um ihren eigenen Mist kümmern.«

»Dann sag ihr das doch. Besser, als einfach zu verschwinden und sie im Ungewissen zu lassen.«

»Das wäre nur der halbe Spaß gewesen.«

»Himmel, was ist denn mit dir schiefgelaufen?«

Erschreckend schnell war Nica aufgesprungen und

stand nun ganz dicht vor Marie. Zornesröte brannte in ihren Wangen, ihre Oberlippe zitterte. Die drei silbernen Totenschädel an ihrem Ohr klickerten leise. Das Funkeln in ihren Augen verhieß nichts Gutes. Es war, als stünde Veronica unter Strom, nur um jeden Moment durchzuknallen.

Marie wich nicht weiter zurück als den ersten, überraschten Schritt. Es kostete sie einiges an Mut, aber sie wollte vor einer wie Nica nicht klein beigeben. Vor allem nicht im Beisein von Claire.

Die Faust, die eben noch das Foto zerknüllt hatte, kam langsam zwischen ihnen hoch. »Ich hätte dir neulich schon eine reinhauen sollen, weil du uns die Tour vermasselt hast. Aber jetzt habe ich einen noch besseren Grund!«, zischte Nica. Die Knöchel schwebten vor Maries Nase, dahinter Nicas starrer Blick. Für ein paar Atemzüge konnte Marie ihr Herz hämmern hören. Sie spürte Schweiß auf der Stirn und im Nacken. Und sah ihr Spiegelbild in Veronicas blauen Augen.

»Na, komm schon, worauf wartest du?« Die Worte stolperten ihre Kehle hinauf, gingen überhaupt nicht glatt und cool raus. Sie wollte sich nicht schlagen. Nie im Leben! Und doch ... spürte sie Wut. Wie ein Würgen im Hals. In ihrem Kopf schien es zu rauschen. Rot. Unkontrolliert. Worauf wartest du?

»Hey, macht keinen Scheiß ...« Mit einem Mal war Claire bei ihnen, eine Hand auf die drohende Faust gelegt. Ihre Stimme klang zerbrechlich. Sie musste sich anstrengen, um Nicas Arm herabzudrücken.

Die atmete schnaubend, ihre Nasenflügel blähten sich auf, sodass das Licht in den Piercings schimmerte. In ihrem Gesicht arbeitete es, als wollte sie gerade zum Sprung ansetzen und fände nicht mehr zurück.

Marie verharrte stocksteif. Ihre Arme schmerzten, in ihren Handflächen brannte es, wo sie sich die Fingernägel in die Haut gebohrt hatte.

Plötzlich schüttelte Nica Claires Griff ab. Fast schien es, als wollte sie die Freundin schlagen, dann ließ sie endlich die Schultern sinken. »Verpiss dich mit deinem Scheiß!«, knurrte sie Marie an.

»Es ist nicht ... das ist doch deine Familie.«

Wieder in ihren Sessel geflegelt, erwiderte Veronica: »Die können zum Teufel gehen. Und du gleich mit. Ich will mit denen nichts mehr zu tun haben.«

»Aber ...« Doch Claire, noch immer neben ihr, schüttelte leicht den Kopf. »Von mir aus ...«, seufzte Marie schließlich. »Und jetzt, was soll ich Kim sagen?«

»Scheiße, gar nichts! Ich habe keinen Bock, dass die hier aufkreuzen. Oder das Jugendamt oder die Bullen.«

»Wenigstens, dass du noch lebst? Das wäre doch das Mindeste.«

Nica starrte sie wieder an: »Ich habe gesagt: Gar nichts! Kapiert? Halt einfach dein Maul. Du hast mich weder gesehen noch sonst eine Ahnung. Ist besser für dich. Wenn du ...«

»Hör doch auf damit!« Veronicas ständiges Drohen ging Marie an die Substanz. Am liebsten hätte sie das Fenster aufgerissen, um den Schweißgeruch und den Mief hinauszutreiben. »Meine Freunde denken auch schon, dass du die auf dem Foto bist.«

»Das ist dein Problem. Red es ihnen aus. Oder sag mir, wo sie sich rumtreiben. Dann regle ich das.« Sie ließ die Fingerknochen knacken.

Marie schluckte. »Keine Ahnung, ob die mir das abnehmen.«

Claire berührte sie an der Schulter und deutete mit dem Kopf in Richtung Tür. Frustriert nickte Marie. Hier konnte sie nichts ausrichten. Abgesehen davon, dass es sich wirklich um Veronica handelte, war der Besuch für den Allerwertesten gewesen. Ganz zu schweigen davon, dass sie beinahe eine Ladung Prügel bezogen hätte. »Ja, dann ...« Keine Ahnung, was sie zu Nica noch sagen sollte. Sie wandte sich um und folgte Claire nach draußen.

Marie war froh, als sich die Metalltür hinter ihnen schloss. Erschöpft lehnte sie dagegen und rieb sich die Stirn. »Du meine Güte«, flüsterte sie nach einer Weile. Sie fühlte sich wie betäubt, ein wenig so, als würde alles um sie herum gar nicht mehr zu ihr vordringen. Oder als wäre sie nur jemand, den man versehentlich in diesen Keller gestellt hatte. »Scheiße.«

Und Claire? Die sagte gar nichts. Stand einfach nur da, holte ihre Zigaretten hervor und zündete sich eine an. Sie wich ihrem Blick nicht aus, aber es war nicht mehr dasselbe, sie anzusehen. Es tat weh. »Die ist nicht ganz dicht.« *Soziopathisch* traf es wohl ganz gut. »Warum hängst du mit der ab?«

»Ach, Marie …« Claire ließ die Asche auf den schmutzigen PVC-Boden rieseln.

»Nein, ich meine es ernst. Mir zieht sich bei so jemandem alles zusammen. Entweder tickt die demnächst mal völlig aus oder die reißt dich heftig mit rein.«

»Ich bin alt genug, mir das selber auszusuchen. Außerdem ist es nicht so einfach.«

»Kann sein. Allerdings weiß ich nicht, wie das auf die Dauer mit uns funktionieren soll, wenn Nica sich weiter so aufführt.«

»Das weiß ich auch nicht. Aber wir werden das schon hinkriegen.« Claire lächelte, doch es wirkte aufgesetzt. Auch ihr Kuss war ohne Feuer. Oder bildete Marie sich das nur ein? »Du sagst doch nichts? Ich meine, wegen ihr?«

»Mann …« Marie löste sich aus ihrer Umarmung.

»Bitte. Ich will nicht, dass etwas passiert. Nica meint das ernst. Das ist nicht nur Gerede.«

»Das habe ich schon gemerkt. Aber ich lasse mich nicht einschüchtern. Von so einer bestimmt nicht!«, erwiderte Marie verbittert.

»Bitte!«

»Kann ihr nicht schaden, vom Amt oder der Polizei aufgegriffen zu werden.«

»Dann tu es für mich. Wenn Nica einkassiert wird, bin ich auch dran. Ganz zu schweigen davon, dass sie mir dann die Schuld geben wird.«

»Es ist ganz allein ihre!«

»Du weißt, was ich meine …«

Marie nickte deprimiert. »Vermutlich. Herrgott, ist das ein Scheiß. Meine Freunde vermuten längst, dass Nica gleich Veronica ist. Die muss ich jetzt anlügen deswegen.«

»Sag, es wäre ein Irrtum gewesen. Macht doch für euch keinen Unterschied.«

»Ich weiß nicht … Bei so was wird mir schlecht.« Aber sie wusste schon. Sie wollte auf keinen Fall, dass Claire etwas passierte. Da war immer noch ein Kribbeln, wenn sie sich berührten. Das Gefühl, ein bisschen zu schweben. Aber noch etwas anderes … vielleicht Mitleid damit, wie Claire leben musste. Mit ihrem kaputten Elternhaus und einer Freundin wie Nica, die nichts Gutes verhieß. Oder Angst, dass sie durch ihr Eingreifen alles nur schlimmer machen würde. »Von mir aus … Aber nicht für die, sondern nur für dich.«

»Danke.«

Wieder ein Kuss, aber Marie war viel zu sehr in Gedanken, um ihn genießen zu können. »Sehen wir uns morgen Abend?«

Claire fasste nach ihrer Hand: »Nichts lieber als das, aber das wird nichts.« Sie blickte auf die geschlossene Tür.

»Geht ihr sprayen, ist es das?«

Die andere zuckte zusammen. »Nein, hat nichts damit zu tun.« Ihre Zungenspitze fuhr nervös über die Oberlippe.

»Aber irgendeinen Scheiß habt ihr vor, oder? Mann, Claire, lass dich von der nicht in irgendwas …«

»Das verstehst du nicht. Ich kann sie nicht im Stich lassen. Sie hat mir geholfen und jetzt bin ich dabei. Eine Schwester lässt man nicht hängen.«

»Du machst alles kaputt zwischen uns wegen so einem Mist.«

»Es tut mir leid, Marie.« Einen Augenblick wirkte Claire, als würde sie anfangen zu weinen. Aber dann fasste sie sich und lächelte. »Ich melde mich, okay? Dann kriegst du einen ganzen Tag mit mir. Die Sache morgen steht halt schon länger fest.«

Marie hatte keine Chance, hinter Claires Fassade zu kommen. Immer wenn sie sich kurz davor glaubte, zog sie sich zurück. Als läge Nicas Schatten über ihnen. Und was diese *Sache* anging, hatte Marie ein verdammt mieses Gefühl. Claire hatte eben beinahe geweint.

Sie umarmten und küssten sich, aber beide waren befangen. »Mach's gut«, verabschiedete sich Claire und schlüpfte zurück ins Zimmer.

Was für ein beschissener Nachmittag. Besser wurde es bestimmt auch nicht, wenn sie mit Peggy sprechen musste. Vielleicht sollte sie nur Nick anrufen. Claire ... Sie machte sich echt Sorgen. Und war eifersüchtig. Immerhin wusste sie jetzt, dass sie und Nica morgen Abend was vorhatten. War zu überlegen, ob sie ein Auge auf sie haben sollte. Nicht gerade die beste Lösung, aber viel anderes blieb ihr nicht.

22

Das Warten war am schlimmsten. Der Nachmittag brauchte ewig, bis er um war. Und dann das Telefongespräch mit Peggy. Marie hatte ihre Freundin tatsächlich belogen. Hatte ihr erzählt, dass Nica nicht das Mädchen auf dem Foto war. Warum? Weil sie total verknallt war? Dermaßen, dass ihr Verstand aussetzte und nur … ach, irgendetwas die Kontrolle übernahm? Ein dicker Kloß saß Marie im Hals. Aber sie hatte Claire versprochen, nichts zu verraten.

Nicht, dass Peggy nicht doch etwas ahnte. Eine beste Freundin wusste genau, wenn etwas nicht stimmte. Sie hatte immer wieder nachgefragt, bis Marie sie schließlich angeschrien und wütend aufgelegt hatte.

Verzweifelt hatte Marie versucht, die Zeit totzuschlagen. Ein bisschen gelesen, ein bisschen gesurft, sich auf ihr Bett geworfen oder war wie ein Tier mit Käfigkoller durch ihr Zimmer gestrichen. Ein paarmal war sie vor dem kaputten Spiegel stehen geblieben und hatte sich angesehen. Die zwei halben Maries beschimpften sie abwechselnd als Lügnerin. Ach, Claire. Der Gedanke an sie versetzte Marie einen Stich. Gleichzeitig fühlte sie ein Kribbeln und das Verlangen, die Rothaarige zu sehen.

Sie grinste freudlos. Das würde bestimmt nicht so romantisch, wie Marie es gerne gehabt hätte. Die eine

Freundin hatte sie belogen, der anderen würde sie hinterherspionieren. Guter Schnitt für einen Tag. Als es dunkel wurde, machte Marie sich auf den Weg. Zum Glück waren ihre Eltern unterwegs, die hätten sofort gemerkt, dass etwas nicht in Ordnung war. Zumindest ihre Mutter. Dann hätte Marie die nächste Lüge auspacken müssen.

Nicht einmal der Kater wartete vor der Haustür, um sie zu verabschieden. Wie einsam konnte man sich eigentlich fühlen? Köln war voller Menschen – in der U-Bahn, auf den Gehsteigen, in den Geschäften und Cafés. Aber jetzt wirkten sie alle wie gesichtslose, fremde Wesen, an denen Marie vorbeidriftete, ohne wirklich ein Teil davon zu sein.

Und in Kalk schien alles noch bedrohlicher. Die Schatten waren länger, die Passanten verschlossener, die Gebäude abweisender. Sie fand das Haus, in dem Nica wohnte, ohne Mühe wieder. Trotz der Dunkelheit konnte Marie erkennen, wie heruntergekommen es war. Nach ihrer Uhr war es fast zehn. Hoffentlich waren die beiden nicht schon weg. Marie zog die Armeejacke enger. Ihr war kalt und Hunger hatte sie auch. Aber vorhin war ihr nicht nach Abendessen gewesen.

Die Haustür ging auf, die Außenbeleuchtung war kaputt oder nicht eingeschaltet. Nervös zog sich Marie in einen Hauseingang auf der gegenüberliegenden Seite zurück. Zwei Gestalten in dunklen Jacken kamen heraus, ihre Gesichter im Schatten der Basecaps verborgen. Waren sie das? Von der Größe her kam es hin. Die Linke der beiden musste Claire sein. Ihren Hüftschwung konnte

Marie auch im Dunkeln ausmachen. Sie gingen in Richtung Hauptstraße, die Hände in den Taschen vergraben, schweigend. Marie ließ ihnen etwas Vorsprung, dann folgte sie auf ihrer Straßenseite. Das Licht der Laternen ließ sie die beiden Mädchen nun eindeutig erkennen. Scheinbar rechneten sie nicht damit, verfolgt zu werden. Dennoch hielt Marie Abstand und mied die Kegel aus Helligkeit. Bald herrschte mehr Betrieb um sie herum, das erleichterte die Verfolgung.

Hoffentlich wollten die beiden nicht einfach nur in eine Kneipe.

Es sah nicht so aus. Stattdessen bogen sie in eine Straße mit dicht stehenden Mehrfamilienhäusern. Dazwischen befand sich ein Spielplatz. Plötzlich blickten sie sich um – Marie blieb gerade genug Zeit, hinter einem Wagen in Deckung zu gehen – und schlichen zu den Schaukeln hinüber. Von dort aus konnten sie mühelos die Straße im Auge behalten. Keine Chance, von dieser Seite ungesehen heranzukommen. Im schlechten Licht entdeckte Marie jedoch eine Lücke zwischen zwei Garagen. Von dort konnte sie über den Holzzaun und sich dann im Gebüsch verstecken. Oder sollte sie doch hier abwarten? Aber sie würde weder genau sehen noch hören, was bei den beiden passierte. Es half nichts …

Marie schlug einen Bogen, bis sie den kleinen Hinterhof mit den Garagen erreichte. Die Lücke führte tatsächlich zum Zaun. Der war schon morsch und wackelte bei der kleinsten Berührung. Es gelang ihr, unbemerkt darüberzuklettern. Das Gebüsch dahinter schützte sie vor etwaigen Blicken und Marie konnte durch die Äste die Silhouetten der Mädchen sehen. Sie schienen auf jemanden zu warten.

Maries Atem beruhigte sich langsam. Jetzt lagen vielleicht drei Meter zwischen ihr und Nica. Sie konnte deren Schritte knirschen hören.

Claires Stimme war leise: »Du machst mich nervös mit deinem Gerenne. Er wird schon eintrudeln.« Sie saß regungslos auf der Schaukel.

»Mir doch egal, ob es dich nervös macht. Darfst halt nicht so empfindlich sein. Ich muss mich eben bewegen.«

»Du hättest keine Pille schlucken sollen, das ist alles.«

»Willst du mir Vorschriften machen?« Aggressiv wandte Nica sich in Claires Richtung.

»Beruhige dich. Du weißt genau, dass ich das nicht tue.«

»Scheiß drauf. Wenn der Penner in fünf Minuten nicht kommt, soll er sich einen anderen suchen.«

»Er wird schon auftauchen. Ansonsten verkaufen wir eben an sonst wen. Gibt ja genug Interessenten.«

»Mehr als genug. Blöder Mist, dass du dir die Rezepte hast abnehmen lassen.«

»Fang nicht wieder damit an. Ist halt passiert. Aber wir kriegen die Schlampe schon und dann ist sie dran.«

»Wenn deine kleine Tussi nicht wieder alles verbockt. Würde mich nicht wundern, wenn die da mit drinhängt.«

»Quatsch, Marie doch nicht. Die ist halt bloß ein bisschen weich.« Claire zündete sich eine Zigarette an. Aus ihrem Versteck konnte Marie für einen Moment das

Gesicht mit den Sommersprossen im Schein der Flamme sehen.

Durch das Tor näherte sich eine hagere Gestalt. Der Silhouette nach ein Junge in weiten Hosen. Er blieb vor den beiden stehen.

»Du bist verdammt noch mal überfällig«, raunzte Nica ihn an. »So 'ne Nummer läuft hier nicht, kapiert?«

»Mann, mach keinen Aufstand. Ich bin ja da.« Er klang recht jung, mit türkischem Akzent.

»Fuck, du willst was von uns, also sei das nächste Mal gefälligst pünktlich. Wir können auch an andere verkaufen.«

»Ist ja gut. Ich hab's gecheckt.«

»Hast du die Asche?«, fragte Claire.

Der Junge holte etwas aus seiner Jackentasche. »Klar.«

»Zähl nach, Claire. Nicht, dass Ali uns bescheißt.«

»Ich heiße nicht Ali ...«

»Mir kackegal. Ist es genug? Gut.« Sie präsentierte etwas auf ihrer Handfläche. »Fünf Pillen, okay?«

»Korrekt, Alter.« Der Junge steckte sie ein.

»Nächste Woche haben wir Nachschub. Sag, wie viel du brauchst, und wir liefern.«

»Alles klar. Bis dann.« Er klang erleichtert. Marie beobachtete, wie er eilig den Spielplatz verließ. Vom dauernden Stillsitzen war ihr mittlerweile kalt geworden und sie bewegte vorsichtig die Beine.

»So ein Pisser«, zischte Nica. Sie zündete sich eine Kippe an, dann hielt sie abrupt inne und blickte sich um. »Hast du was gehört?«

Mist. Marie drückte sich weiter in den Schutz des Gebüschs. Wenn Nica sie entdeckte, war die Hölle los.

»War bestimmt nur ’ne Ratte.« Claire machte keine Anstalten, sich umzusehen.

»Glaube ich nicht.« Langsam ging Nica zum Zaun hinüber.

Marie spürte, wie ihr der Angstschweiß ausbrach. Sie atmete flach und wagte nicht mehr, sich zu rühren. Nicas Umriss schob sich bedrohlich näher, der Glutpunkt der Zigarette erinnerte an ein dämonisches Auge. Jetzt kam sie ganz nah an den Zaun.

Marie konnte ihre schweren Schuhe vor sich sehen. Wenn Nica jetzt nach unten schaute …

»Komm schon, wir müssen weiter.«

Nica gab ein frustriertes Knurren von sich, dann wandte sie sich ab. »War nur so ein Gefühl. Lass uns zum nächsten Treffpunkt gehen.«

»Sag ich doch.« Damit verließen die beiden den Spielplatz.

Erst als Marie sie nicht mehr hören konnte, richtete sie sich vorsichtig auf. Das war knapp gewesen. Claire und Nica veranstalteten da etwas, bei dem sie bestimmt keine Zuschauer wollten. Sie verkauften Pillen. War nicht schwer zu erraten, welche. Marie durchforstete ihr Gehirn. Das Plastikdöschen auf Claires Nachttisch. Wie lautete die Beschreibung? *Tilidin*, das war es.

23

Nick verließ das Wohnzimmer, um noch schnell seine Mails zu checken. Gleich fing *Jenseits der Träume* an, seine Mutter und ihr Freund machten schon Popcorn. Nick musste schmunzeln. Dafür, dass er den eigentlich nicht leiden konnte, hatten sie heute Abend viel Spaß gehabt. Markus hatte nämlich ein Kartenspiel namens *Munchkin* mitgebracht und das war richtig gut. Und vor allem superlustig. Man spielte einen Helden in einer Fantasy-Welt und musste Monster plattmachen. Nur war alles daran witzig aufgemacht und eine Parodie auf Rollenspiele und Filme wie *Herr der Ringe*. Nick hatte sich köstlich amüsiert. Seine Mutter nicht so sehr, dafür Markus umso mehr. In dem hatte Nick sich vielleicht doch etwas getäuscht. Klar, ein bisschen spießig war er schon mit seinem Bankjob. Und in Angelegenheiten zwischen Nick und seiner Mutter hatte er sich auch schon eingemischt. Aber … mittlerweile klappte es besser zwischen ihnen. Entspannter. Zugegeben, Nick selbst war momentan einfach ziemlich gut drauf. Abgesehen von der ewigen Sache mit Micha und Hardy. Ansonsten … Lena. Er freute sich auf ihre Mails, auf einen Anruf und besonders, wenn sie sich in der Schule trafen. Sie konnten über alles Mögliche reden – über all die Dinge, die ihn so interessierten. Absolut gleiche Wellenlänge. Internet, Computer, Wissenschaft und und und ... Lena war intelligent, lustig, ein bisschen schräg und ... irgendwie niedlich. Das machte ihm alles so gute Laune, dass es sogar seiner Mutter aufgefallen war. Die hatte ihm zugezwinkert und gefragt, ob er verliebt sei. Einfach so, ohne dass er groß von Lena erzählt hatte. Darauf war er rot geworden und hatte das vehement bestritten. Zum Glück musste er kurz darauf zu seinem Nachhilfeschüler, sodass seine Mutter nicht weiterbohren konnte.

Verliebt – so hatte er das noch gar nicht gesehen. Konnte schon sein. So ein bisschen vielleicht. Obwohl Lena und er eher wie beste Freunde waren. Andererseits ... Er wusste es einfach nicht genau. Vielleicht sollte er mal mit jemandem darüber reden. Mit Marie wäre das möglich gewesen, aber auf die war er noch immer sauer. Oder sein Vater, den würde er mal anrufen. Mit dem konnte er manchmal über so etwas reden, eher zumindest als mit seiner Mutter.

Der Rechner war hochgefahren, aber außer dem Greenpeace-Newsletter war keine neue Mail eingegangen. Schade. Lena hatte bestimmt noch nicht in ihren Posteingang geschaut. Aus Gewohnheit surfte Nick die Schwarzlichter-Site an. Ein paar neue Einträge, einer davon von Marie.

FalloutGirl schrieb:

Hallo, mal wieder eine Frage an euch: Es geht um Medikamentenmissbrauch. Aufputsch-, Schmerzmittel, Enthemmer und so. Zeug, für das man eigentlich ein

Rezept braucht, weil es Nebenwirkungen hat oder abhängig machen kann. Hat jemand von euch Ahnung von so was? Woran erkennt man, ob einer abhängig ist? Wie geht man mit so jemandem um?
Danke schon mal!
Hooka hey,
Marie

Nick las den Eintrag zweimal. Klang dramatisch – wie kam Marie jetzt auf dieses Thema? Sollte sie sich nicht mit Claire treffen, um etwas über Veronica herauszufinden? Zum Thema Drogen hatte er vor ein paar Monaten schon mal Links für eine Userin gepostet, das war aber eher nicht das, was Marie wollte. Zur Not musste sie sich an die Suchtberatung wenden. Aber erst mal abwarten, was für Antworten kamen. Nick erinnerte sich vage, dass er vor einiger Zeit mal eine Dokumentation im Fernsehen gesehen hatte. Irgendwas mit Berliner Jugendbanden, die sich mit Medikamenten den Kick holten. Vielleicht hatte jemand aus der Community mehr Ahnung.

Er schaute auf die Uhr und schaltete den Rechner aus. Vielleicht würde Lena nach *JdT* noch schreiben, sie war ein noch größerer Fan als er. Die Titelmusik erklang schon, als er zu seiner Mutter und Markus ins Wohnzimmer eilte.

24

»Hier wohnst du? Deine Eltern haben wohl Kohle, was?« Claire stand an der Haustür. Sie trug dieselben Klamotten wie am Tag ihrer ersten Begegnung. Obwohl das noch gar nicht so lange her war, kam es Marie vor, als läge das schon ewig zurück. Die Blutflecke auf dem T-Shirt waren beim Waschen nicht ganz rausgegangen.

»Nicht wirklich. Hallo, Claire.«

»Was ist denn das für eine Begrüßung?« Sie grinste, aber es wirkte unecht. Als spürte sie Maries Anspannung.

»Sorry … komm rein. Schuhe kannst du da abstellen.« Schweigend gingen sie die Holztreppe hoch. »Meine beste Freundin ist auch da. Peggy, ich habe dir von ihr erzählt.«

»Ja, kann sein.«

Marie atmete durch und öffnete die Tür zu ihrem Zimmer. Es schien ihr, als würde ihr das ganze Gewicht der Welt die Luft abdrücken. Oder sie zerquetschen. Sie konnte Claire nicht lange ansehen, besonders nicht in die grünen Augen. Irgendwie wollte sie das auch nicht. Marie ahnte, dass dann alle Vorsätze zerbröckelten, die sie gefasst hatte. Und gleichzeitig sehnte sie sich danach, die Freundin zu umarmen, zu küssen. Kaum auszuhalten das Ganze.

Peggy saß auf dem Bett und blätterte in einem Modemagazin. Mit ihrem pinken Top, den lackierten Nägeln und ihrer teuren Handtasche bildete sie das genaue Gegenteil zu Claire. Aber ihr Gesichtsausdruck konnte mindestens genauso hart sein, wenn sie sauer auf jemanden war. Peggy hatte zwar versprochen, sich zurückzuhalten, aber wenn ihre Emotionen einmal hochkochten ... Und das waren sie, als Marie gestern bei ihr vorbeigegangen war und ihr alles gebeichtet hatte. So ziemlich alles. Den Überfall auf Claire, die Jagd auf Strähnchen, die Unterredung mit Nica und die Sache mit dem Tilidin. Dem Schmerzmittel, mit dem die beiden dealten. Es hemmte die Angst, machte aggressiv und abhängig.

Peggy hatte zugehört, ihr Mund ein dünner Strich. Anfangs war es Marie schwergefallen, die Ereignisse der letzten Tage in Worte zu fassen. Zwar wusste sie, was passiert war, aber über ihre Gefühle war sie sich nicht im Klaren. Liebte sie Claire? So auf den ersten Blick? Keine Ahnung. Aber irgendetwas hatte sie voll erwischt. Und seitdem war alles so schnell gegangen. Als hätte ihr Verstand ausgesetzt. Je mehr sie erzählt hatte, desto fließender war alles herausgekommen. Dabei war sie nervös auf und ab gegangen. Als sie endlich geendet hatte, war es einige Zeit sehr still geblieben. Ihre Lügen hingen als Letztes in der Luft. Es hatte wenig Sinn, sie zu erklären. Marie konnte nur sagen, wie leid es ihr tat. Ihre beste Freundin anzulügen, das war unter aller Sau gewesen.

Peggy hatte sich total aufgeregt. Über Maries Nacht-und-Nebel-Getue, vor allem aber über Claire. Sie war auf hundertachtzig gewesen. Marie hatte nur dagestanden und betreten auf das weiße und schwarze Zickzackmuster von Peggys Teppich gestarrt. Dann war Peggy zu ihr rübergekommen, hatte erst sachte den Kopf geschüttelt und ihre Freundin schließlich in den Arm genommen. Ganz ohne Worte. Einfach nur festhalten. Fast hätte Marie angefangen zu heulen.

Danach hatten sie lange zusammengesessen, Tee getrunken und sich die Köpfe zerbrochen, was Marie in diesem Schlamassel unternehmen sollte. Ein bisschen verstand Peggy, wie sehr Claire Marie den Kopf verdreht hatte. Mit Fatty ging es ihr ja auch so ähnlich, aber das Thema streiften sie nur. Der Punkt war, dass Marie Claire auf keinen Fall in Schwierigkeiten bringen wollte. Überfälle und Tilidin-Handel hin oder her. Gleichzeitig jedoch hatte sie genau damit ein großes Problem. Sie konnte nicht mit jemandem zusammen sein, der so handelte. Also musste sie das mit Claire regeln. In einem Gespräch.

Und jetzt? Jetzt standen sich Maries älteste und neueste Freundin gegenüber. An ihren Blicken konnte man ablesen, dass sie sich nicht gerade ins Herz geschlossen hatten. Ganz und gar nicht. Warum musste Claire auch so cool grinsen, als sie sich in den Schaukelsessel warf, ohne die Jacke auszuziehen.

»Uh, ja …« Es erübrigte sich wohl, die beiden einander vorzustellen. »Willst du einen Tee?« Marie musste ihre Hände beschäftigen, so nervös war sie. Nachdem sie eingeschenkt hatte, zog sie sich ein Kissen heran und setzte sich auf den Boden.

Keiner sagte ein Wort, nur das gedämpfte Lärmen einiger Kinder drang durch das geöffnete Fenster herein.

Wie sollte sie anfangen? Marie fühlte sich hilflos, vor allem aber wortlos. Zu viel brodelte in ihr. »Also …«, brachte sie schließlich hervor. »Claire … ich … ich …« Sie hing. Oder baumelte, über einem lichtlosen Abgrund. Mann, war das schwierig. »Ich muss mit dir reden.«

»Ach, wirklich? Erzähl mir mal was Neues.« Die Rothaarige zog ihre Zigaretten hervor, steckte sie aber sofort wieder ein.

Peggy hielt sich nur mühsam zurück, Claire nicht anzufahren.

»Ja, nun … das ist nicht so einfach. Ich weiß nämlich nicht, wo mir der Kopf steht. Ich bin verliebt, aber anstatt dass ich deshalb auf Wolke sieben schwebe, macht mich das ganze Drumherum völlig fertig.«

»Pubertät?«

»Hör doch auf mit diesen blöden Sprüchen!«, zischte Peggy. »Du siehst doch, wie schwer ihr das fällt.«

Claire funkelte sie unfreundlich an: »Dich hat niemand gefragt, Keule.«

»Keule?! Du nennst mich *Keule*? Schon mal in den Spiegel geschaut, du abgewracktes …«

»Hey!« Marie sprang auf. »Hey! Macht mal halblang. Ich will mit dir reden, Claire. Aber weil du mich zu sehr durcheinanderbringst, ist Peggy dabei, klar? Sie ist meine beste Freundin, ohne Wenn und Aber. Weißt du, was das ist – Freundschaft?«

»Pisst euch nicht an. Und hört auf mit der Kinderkacke. Klar weiß ich, was Freundschaft ist.«

Marie schüttelte den Kopf: »Da bin ich mir nicht so

sicher. Freunde ziehen einander nicht runter oder in irgendeinen Mist, wie Nica es tut.«

»Lass Nica aus dem Spiel!« Claires Stimme klang eisig, aber Marie ließ sich nicht beirren: »Eben nicht. Die ist Teil des Problems. Lass mich vorne anfangen.« Jetzt ging es besser. Erst einmal reden. Sie erzählte von ihren Gefühlen zu Claire, ihrem Verliebtsein und vor allem von der Sache mit Strähnchen, die sie einerseits aufregend gefunden hatte, die sie andererseits aber einfach nicht verstehen konnte.

Claire hörte schweigend zu und winkte genervt ab: »Das hat die Schlampe doch verdient. Die hätte es selbst nicht anders gehalten.«

»Darum geht es nicht. *Ich* hätte das nicht tun sollen, das ist alles. Ich fühle mich scheiße seitdem. Aber viel schlimmer ist, dass ich von da ab nicht mehr weiß, wie es mit uns funktionieren soll ...«

»Ich habe dir doch gesagt, dass wir das hinkriegen. Mach keinen Stress.«

»Ja, hast du.« Marie holte Luft: »Aber ich glaube es nicht. Nicht mit dem, was ihr sonst so treibt.«

»Was soll das denn heißen? Nica und ich können tun, was wir wollen. Wir sind niemandem Rechenschaft schuldig.«

»Stell dich nicht dumm«, blaffte Peggy. »Du weißt genau, was Marie meint. Oder war das aus reinem Spieltrieb, dass ihr euch nachts auf dem Spielplatz rumgedrückt habt?«

Für einen Moment fiel Claires coole Maske von ihr ab.

Furcht und Misstrauen lagen dahinter. »Habt ihr uns hinterhergeschnüffelt?!« Ihre Hand ballte sich zur Faust. »Hast du Flittchen dich in unsere Angelegenheiten eingemischt?«

»Peggy hat gar nichts, ich war das! Ich bin euch nachgegangen.«

Claire fuhr zu ihr herum. »Du hast uns belauscht?« Ihr Ton war aggressiv, aber ihr Blick flackerte.

Marie nickte. »Und ich habe gesehen, wie ihr das Zeug vertickt habt. Das war Tilidin, oder? Die Pillen, die ich in deinem Zimmer gefunden habe.«

»Was geht euch das an? Ich kann machen, was ich will!« Aber Claire sank weiter in den Sessel zurück. Ihre selbstsichere Fassade begann zu bröckeln. »Ich dachte, wir wären Freundinnen. Warum spionierst du mir dann hinterher?«

»Ich habe mir Sorgen gemacht, deshalb. Wie lange macht ihr das schon?«

»Keine Ahnung, war Nicas Idee. Die kannte sich damit aus. Es kommt ordentlich Asche bei rum. Schadet auch niemandem.«

Peggy stieß einen Seufzer aus: »Von wegen, davon kann man abhängig werden. Ist nicht umsonst rezeptpflichtig.«

»Nimmst du das Zeug selber, Claire?«, fragte Marie.

»Nein … nur manchmal. Ich bin bestimmt nicht abhängig.«

»Und Nica? Die wirft doch Tilidin ein, deshalb tickt die so aus, oder?«

»Das ist ihre Sache. Ich habe ihr gesagt, sie soll es nicht übertreiben.«

»Woher habt ihr die Pillen?«, bohrte Peggy weiter. Sie hatte sich aufgerichtet und ließ Claire nicht aus den Augen.

»Ach, Scheiße … Ich lass mich doch von euch nicht verhören.«

Marie blickte unglücklich drein: »Dann sage ich es dir: Ihr klaut Rezepte oder fälscht sie. Das war es, was dir Strähnchen beim Überfall abgenommen hat. Die Zettel, nicht wahr?«

Die Rothaarige zuckte mit den Schultern.

»Und aus Rache wolltet ihr sie zusammenschlagen. Egal, ob ihr die Rezepte zurückbekommen hättet oder nicht.«

»Die Keule hat es verdient. Wir lassen uns von so einer nicht ans Bein pissen. Das kränkt meinen Stolz. Und eine blutige Nase ist das Einzige, was sie versteht.«

»O Mann!« Peggy verdrehte die Augen.

Marie goss sich den letzten Rest Tee ein. Alles, was sie befürchtet hatte, traf zu. Wie eine dumme Gans war sie Claire hinterhergerannt und hatte dabei überhaupt nicht mitgeschnitten, was eigentlich abging. Jetzt sah sie klarer, doch besser fühlte sie sich deshalb noch lange nicht. Überhaupt nicht.

»Stellt euch bloß nicht so an. Ihr zwei kriegt doch alles in den Arsch geblasen. Klamotten, Essen, Kohle. Das ist bei mir nicht so. Ich kümmere mich um alles selbst. Und Nica tut das auch.«

»Das ist keine Rechtfertigung für irgendwelche krummen Touren«, erwiderte Peggy harsch.

»Vielleicht nicht. Aber es zeigt, dass ihr einfach keine Ahnung habt, wie wir leben.«

Marie schaute Claire nun direkt an: »Das ist aber nicht mein Leben. Absolut nicht.«

»Ich dachte, dir läge so viel an Freiheit? Wir haben mehr davon, als ihr jemals bekommen werdet. Keine Regeln, keine Bevormundung, eigene Asche.«

»Und Nica? Die ist doch total paranoid. Misstraut allem und jedem. Die kann doch gar nicht abschalten. Das ist ja wohl 'ne beschissene Freiheit.«

Claire blickte nach draußen.

»So geht es jedenfalls nicht weiter«, flüsterte Marie. Dann, nach einer Weile: »Liegt dir gar nichts an mir?«

»Hab ich doch schon gesagt. Du machst dir zu viele Gedanken. Wird sich schon einrenken.«

»Klar, wenn sie bei euren Prügeleien oder Deals mitmacht.«

»Wer hat dich denn gefragt?«, fuhr sie Peggy an.

»Niemand, aber ich bin so *frei* zu sagen, was ich denke. Das sollte doch drin sein, in eurer Freiheit?« Claire wedelte abwertend mit der Hand. »Warum hängst du eigentlich mit Veronica ab?«

»Das tut doch nichts zur Sache!«, knurrte Claire.

»O doch. Sie hat Marie bedroht und fast zusammengeschlagen. Wenn du was für Marie empfindest, würdest du das nicht so abtun.«

»Himmel, ich habe doch was gemacht, sonst hätte sie

sich schon längst eine gefangen. Aber …« Claire stockte und presste die Lippen aufeinander.

Peggy schüttelte den Kopf: »Nichts aber. Im Endeffekt läuft es für dich doch auf eine Frage hinaus: Marie oder Nica?«

Claire ließ sich Zeit mit einer Antwort, dann nickte sie schließlich. Es schien sie Mühe zu kosten, Marie anzusehen. Vielleicht hatte Peggy doch einen Nerv getroffen. »Deine Freundin hat recht. Ich … ich mag dich wirklich. Bin gerne mit dir zusammen und alles. Aber wenn dir Nica nicht in den Kram passt, dann geht es nicht.« Ihre Stimme zitterte mit einem Mal.

»So schlimm?«, fragte Marie behutsam.

»Es ist … nicht so einfach.« Plötzlich wirkte Claire sehr zerbrechlich. »Ich verdanke Nica total viel. Für euch mag das alles scheiße sein. Aber für mich ist es wichtig.«

Maries Herz schlug nun sehr schnell. Claire war das erste Mal dabei, sich ihr zu öffnen. Mal war sie cool, dann gehässig, aber jetzt … verletzlich. Es war ein gutes Gefühl, echtes Vertrauen von ihr zu bekommen. Doch gleichzeitig spürte Marie, dass sie damit auch dabei war, Claire zu verlieren. »Und was ist, wenn unsere Beziehung auch viel bringen würde? Das kannst du nicht wissen, wenn du es nicht versuchst.«

»Verstehst du nicht, Marie? Ich kann nicht! Zwischen Nica und mir ist es wie … wie … es ist völlig anders als zwischen uns beiden. Wir sind abhängig voneinander. Wie Waffen und Munition. Wie Schwestern.« Claire hob hilflos die Hände.

»Schöner Mist.« Marie lehnte sich gegen den Spiegelschrank.

»Ist nicht zu ändern. Tut mir leid.« Claires Offenheit war schon wieder verschwunden. Sie war so verschlossen wie zuvor. Mit einem Ruck stand sie auf und blickte beinahe abfällig auf die beiden Mädchen. »Das war es dann ja wohl. Danke für alles und so.« Ihre Coolness war zurück.

Peggy seufzte und sagte nichts mehr.

Marie stand ebenfalls auf und brachte Claire nach unten. Wie immer zwischen ihnen ging alles viel zu schnell. So auch das Ende ihrer Beziehung. Ein kurzer Abschied zwischen Tür und Angel. »Das war es also?«

Claire zog eine Zigarette aus der Packung. »Sieht so aus.«

»Einfach so?«

»Du erwartest doch kein romantisches Gefasel?«

Marie schüttelte den Kopf: »Nicht wirklich.« Sie fühlte sich irgendwie hohl. Als wäre in ihr drin gar nichts mehr. »Aber ... ich meine ... Wenn es dir was bedeutet, dann kannst du doch nicht einfach so aufgeben.« Sie kämpfte gegen etwas an, von dem sie wusste, dass es bereits verloren war. Sie konnte es an Claires Augen sehen. Ihr Blick war hart und kalt.

»Alles oder nichts, was anderes gibt es bei uns nicht. Ist auch besser für dich, wenn wir uns nicht mehr sehen.«

»Wegen Nica ...«

»Lass es doch bleiben. Ich will darüber nicht ...«

»Claire, bitte lass mich ausreden. Was du eben gesagt

hast, wegen eurer Abhängigkeit voneinander, das ist nichts Schönes, oder? Ich meine, ich habe dich in ihrer Nähe erlebt. Sie ist unberechenbar, das weißt du selbst. Sogar so weit, dass du Angst vor ihr hast.«

»Marie, bitte …«

»Ist es das? Hast du Angst vor ihr? Schlägt sie dich zusammen, wenn du von ihr wegwillst?«

Für einen Moment schien es, als würde sich die Rothaarige umdrehen und einfach weggehen. Aber dann setzte sie sich auf die Treppenstufe, vergrub die Hände in den Taschen und starrte zu Boden. »Sie bringt mich um, so einfach ist das.«

»Spinnst du?« Claires Tonfall war so ernst, dass Marie die Augen aufriss.

»Na, vielleicht nicht. Aber gut ginge es mir danach nicht. Das ist alles irgendwie völlig kompliziert. Wir haben uns keine ewige Treue geschworen oder so. Aber wir sind Schwestern und lassen uns nicht im Stich. Zusammen durch dick und dünn, zusammen untergehen. Wer dagegen verstößt, muss eben zahlen. In manchen Momenten habe ich tatsächlich Angst vor ihr. Aber nur manchmal. In den anderen gehört uns die Welt.« Sie hob die Arme. »Der Punkt ist aber, dass ich das nicht aufgeben kann und nicht aufgeben will. Es ist alles für mich. Verstehst du das?«

Marie lehnte an der Tür. Es war einfach hoffnungslos. Gegen Nicas Schatten kam sie nicht an. »Keine Ahnung. Ein wenig vielleicht.«

»Gut.« Claire stand auf. »Es liegt nicht an dir, okay?«

Sie berührte Marie an der Schulter. »Halt einfach die Ohren steif, klar?«

»Das sagst du so ...« Ihre Fingerspitzen strichen über Claires Hand. Eine letzte Berührung, ein letztes Kribbeln, das in all der Leere in ihrem Inneren verebbte. »Wann immer was ist, bin ich für dich da, Claire. Ich meine es ernst.« Ihre Stimme zitterte.

Die Rothaarige lächelte ihr typisches, amüsiertes Lächeln: »Was soll schon sein? Bis irgendwann mal.« Sie ging, ohne sich umzuwenden, ohne ein Wort, ohne einen weiteren Blick.

Als das gelbe Hoftor hinter ihr zuschlug, glaubte Marie, das Echo noch lange im Kopf zu hören.

25

Auf dem Notebook lief ein alter Schwarz-Weiß-Film mit Rita Hayworth und Orson Welles. Der hatte zwar kein Happy End, aber die Hayworth war einfach immer was zum Aufmuntern. Das hatte Marie dringend nötig. Die letzten zwei Tage waren so schwarz gewesen wie der Film. Bestimmt nicht der erste Liebeskummer, den sie hatte, aber dieses Mal schlug er so richtig rein. Dagegen kamen auch DVDs und Schokolade mit mehr als achtzig Prozent Kakaogehalt nicht an. Nur auf dem Bett liegen und Trübsal blasen. Sich zur Schule schleppen, den Nachmittag totschlagen und dann schlafen gehen. Oder besser, es versuchen, weil sie doch ewig wach lag.

Immerhin schaute Peggy nach ihr und drängte sie zum Essen. Die befürchtete nicht zu Unrecht, dass Marie bald dünner als ein Strich sein würde. Bei Liebeskummer nahm sie einfach drastisch ab. Ihre Eltern bemühten sich zwar, sie aufzumuntern, aber zum einen wussten die kaum was über die Hintergründe und zum anderen … wer wollte bei Herzschmerz schon seine Eltern um sich haben?

Liebe? Was war das schon? Das Schlimmste war eigentlich, sich mit den Gedanken nur im Kreis zu drehen. Da halfen auch alle Ablenkungen nichts, die Peggy oder Maries Vater auffuhren. Es spielte keine Rolle, was sie unternahmen, früher oder später fiel Marie wieder auf

Claire zurück. Dabei sagte sie sich im Kopf immer wieder *Nein*, aber den ganzen Rest von ihr interessierte das nicht. Es war nicht nur eine seelische Tortur, sondern auch eine körperliche. Marie kam sich allein und ausgekühlt vor. Sie lächelte matt. Kummerphasen gaben zumindest ihrer lyrischen Ader Schub. Der Ringblock neben ihr war vollgekritzelt mit Notizen und Gedichten. Das meiste würde ihr später nicht mehr gefallen, aber *Little Girl Lost* klang vielversprechend. Ob es half, seinen Liebeskummer in Gedichten auszudrücken? Genau das hatte sie vor einiger Zeit YouMissMe in der Community gefragt. Ein bisschen was brachte es schon. Sich ein paar Dinge von der Seele schreiben, ein paar andere deutlicher sehen.

Klar, das mit Claire funktionierte einfach nicht. Weder Marie noch die *Exfreundin* waren bereit, an den kritischen Punkten zurückzustecken. Das konnte auf die Dauer nicht gut gehen. Aber trotzdem … Marie blickte auf ihr Handy. Nicht mal ein Foto hatte sie von Claire gemacht. Kein greifbares Erinnerungsstück.

Das Telefon klingelte und riss sie aus ihren Gedanken. Obwohl sie sich zurückhalten wollte, stürzte sie sofort los. Es konnte ja … In ihrem Brustkorb fing es heftig an zu pochen. Der Hörer war schwer wie Blei, sie brauchte ewig, ihn ans Ohr zu bringen. Ihr Mund war ganz ausgetrocknet … »Hallo?« Ein Rauschen in der Leitung, die Verbindung war schlecht. Marie stellte den Lautsprecher an. Ein Schluchzen. Der Klang schnürte ihr den Hals zu. »Claire, bist du das?«

Wieder das Schluchzen, dann ihre Stimme. Wie sehr

hatte Marie die hören wollen! Aber jetzt klang sie brüchig, nicht so wie sonst. »M-Marie?«

Ihr Herz machte einen Sprung. »Claire, was ist los? Ich verstehe dich kaum.«

»Marie … oh Gott!« Jetzt war es ein Weinen.

»Hey, beruhige dich doch.« Aber Marie war selbst alles andere als ruhig. Ihre Gedanken rasten, genau wie ihr Puls. Sie ließ sich auf den Schreibtischstuhl fallen. Was hatte Claire so getroffen, dass sie heulte? Liebeskummer? Das wäre … aber es passte gar nicht zu ihr.

»Es geht schon.« Claire unterdrückte das Heulen und einen Moment war es ganz still zwischen ihnen.

Tausend Worte wollten aus Marie heraus. All das, was sie sich in den letzten Tagen zurechtgelegt, was sie aufgeschrieben hatte. Stattdessen fragte sie nur: »Willst du reden?«

»Ich … ich habe nicht viel Zeit.«

»Wollen wir uns treffen?« Halb ängstlich, halb hoffnungsvoll.

»Nein!« Es knackte in der Leitung, dann war die Verbindung unterbrochen. Nicht! Hastig suchte sie nach Claires Nummer, doch schon klingelte es erneut.

»Scheiß Münzsprecher. Scheiß alles«, fluchte Claire. Von der Verzweiflung eben war wenig zu hören, jetzt schien sie gehetzt. Einer ihrer abrupten Wechsel. »Du hast alles kaputt gemacht.«

»Ich habe *was*?«

»Mit Nica und so. Wegen dir ist die Hölle daraus geworden.«

Marie schluckte. »Spinnst du? Was habe ich denn getan?«

»Ach, keine Ahnung. Irgendwas eben. Nica ist total daneben. Sauer auf dich, sauer auf mich. Außerdem rechnet sie jeden Moment damit, dass du ihr die Bullen auf den Hals hetzt.«

»Hast du ihr erzählt, dass ich euch beobachtet habe?« Ein mulmiges Gefühl machte sich in Maries Magen breit.

»Ist so rausgerutscht.«

»Pech für sie! Ist doch nicht meine Schuld, wenn ihr so einen Scheiß macht und die an Paranoia leidet. Echt jetzt.«

»Du verstehst das nicht …« Auf einmal fing Claires Stimme wieder an zu zittern. »Wir haben uns geprügelt wegen dem Scheiß. Hast du eine Ahnung, wie es ist, sich mit der besten Freundin zu schlagen?« Sie drohte jeden Moment in Tränen auszubrechen.

Marie fühlte sich zunehmend unwohl. Sie hatte sich nach Claires Anruf gesehnt, hatte sich ausgemalt, was sie sagen, wie sie alles zum Besseren wenden würde. Aber nun holte sie die bittere Realität ein. Das Mädchen am anderen Ende der Leitung schien ihr mittlerweile fremd und unberechenbar. Dieses emotionale Auf und Ab war schlimmer als eine Achterbahnfahrt. »Nein … weiß ich nicht«, erwiderte sie leise. Die ganze Situation war ihr schon lange entglitten und damit war sie überfordert.

»Es ist, als würdest du dir die eigene Faust in den Magen rammen.« Claire zog geräuschvoll die Nase hoch. »Und der ganze Kack wird nicht besser.«

Jetzt wurde es Marie zu viel: »Das ist, verdammt noch mal, nicht meine Schuld! Ich sage es nicht gern, aber lass die Finger von ihr.« Mann, das klang fast wie ein Spruch von ihrem Vater. »Das ist der Scheiß zwischen euch beiden – ich bin nicht der Kugelfänger. Nica hat 'nen ziemlichen Schaden, wenn du mich fragst. Die gehört in Behandlung!« Sie schrie ins Telefon, was sie eigentlich nicht gewollt hatte.

Schweigen, nur das leise Rauschen der Leitung. Marie fragte unsicher: »Bist du noch da, Claire?«

Dann hörte sie wieder das Weinen. Es war leise, driftete in kleinen Wellen zu ihr heran. Voller Schmerz und Verzweiflung. Claires Stimme war ganz dünn: »Marie, lass mich nicht im Stich. Ich ... ich weiß nicht, was ich machen soll. Außer Nica habe ich doch niemanden.«

Es fiel ihr schwer zu sprechen: »Du ... du hast mich, Claire. Ich bin da.«

»Die schlägt mich tot, hörst du? Wenn ich sie hängen lasse, schlägt die mich tot.«

»Quatsch ...« Aber Marie war nicht wirklich überzeugt. »Du musst einfach Abstand von ihr gewinnen. Das wird schon.«

»Ich komme da nicht raus, Marie! Egal, was du sagst. Sie wird mich nicht gehen lassen.« Nach einer Pause fügte sie hinzu: »Und ich werde nicht gehen wollen.«

Gott, Marie nahm sich vor, sich nie wieder über Peggys Beziehungskisten aufzuregen. Die waren geradezu lächerlich gegen das hier. Sie verstand es nicht mal richtig. Das war so ein völlig kaputtes Gefüge aus Angst und Abhängigkeit. Resigniert fragte sie: »Und, was kann ich tun, außer gegen die Wand zu reden?«

»Odenthaler Straße 150 in einer Stunde. Aber sei vorsichtig, halte dich zurück. Wenn du uns über den Weg läufst, kann ich nichts für dich tun. Am besten, du kommst nicht allein.«

»Was soll das? Sag mir wenigstens, um was es geht!«

»In einer Stunde. Bist du da?«

Marie zögerte kurz, dann seufzte sie: »Von mir aus.«

»Mach es gut, Marie.«

»Ich …« Aber Claire hatte aufgelegt. Na, großartig. Marie kapierte überhaupt nichts mehr. Eben noch wollte Claire sich nicht mit ihr treffen und jetzt plötzlich schon in einer Stunde. Dann war es kurz vor Mitternacht. Und Marie sollte sich im Hintergrund halten. Einen Moment quälte sie die bange Ahnung, dass das nur ein Vorwand war, um ihr aufzulauern. Vielleicht hatte Nica mitgehört? Blödsinn, dann hätte Claire sie nicht gebeten, noch jemanden mitzubringen. Oder hofften beide, dass sie Peggy mitnahm? Jetzt wurde sie auch schon paranoid!

Na, Peggy fiel ohnehin aus. Die war heute mit ihren Eltern in der Oper und danach zum Essen. Nick lag bestimmt schon im Bett. Blieb noch Ferdinand … Bei dem spielte die Uhrzeit keine Rolle. Die Frage war nur, ob sie ihn überhaupt erreichte. Ein neues Handy hatte er nämlich immer noch nicht. Außerdem war sie nicht sonderlich erpicht darauf, ihn um einen Gefallen zu bitten.

Marie starrte einen Moment nachdenklich auf ihr Telefon. Sie konnte auch alleine losziehen …

26

Vom Fenster aus konnte man auf die S-Bahngleise hinter dem Wohnblock schauen. Sie mussten wohl immer mit Blick auf Schienen wohnen. In Deutz war es der Bahnhof gewesen. Deutz, das klang für ihn irgendwie nach Freiheit. Genügend Möglichkeiten, in die Stadt zu kommen. Duckterath war da das genaue Gegenteil.

Frustriert zupfte Fatty auf seiner Gitarre. Bluesmusik wäre passend gewesen, gehörte aber nicht zu seinem Repertoire. Also ein alter Faith-no-More-Song – *Evidence.*

Eigentlich sollte er ans Telefon gehen, irgendjemand wartete in der Leitung. Seine Mutter hatte ein paarmal angeklopft und was von einem Mädchen gefaselt. Da Peggy mit ihren Alten unterwegs war, konnte es nur Marie sein. Und die ließ er gerne warten. Andererseits war vielleicht irgendwas angesagt. Sicherlich besser, als hier abzuhängen und vor sich hin zu grübeln. Widerwillig schnallte er die Gitarre ab und ging ins Wohnzimmer. Mit Ausnahme seines Zimmers war mittlerweile alles eingerichtet. Nur bei ihm standen noch Kartons und ein unaufgebautes Regal herum. Er hatte keine Lust, das fertig zu machen. Fatty wollte in diesem Loch einfach nicht komplett einziehen.

Der Fernseher lief – wie fast immer. Ein Werbesender. Der Ton war so laut, dass die Verkäuferin die Zuschauerin förmlich anschrie. Die war natürlich seine Mutter. Sie saß auf dem Sofa, sortierte ihre Medikamente und hatte ansonsten nur Augen für die Mattscheibe.

Fatty schnappte sich das Telefon und verzog sich wieder. »Hallo?«, grunzte er. Marie, wie erwartet. »Dünnwald? Weiß ich, wo das ist. Aber was soll ich da?« Er hörte mit wenig Begeisterung zu. Marie wollte, dass er sie begleitete. Wer war er, der Leibwächterservice? Erst der Streber, jetzt das Mutantenmädchen. »Muss das sein?« Klar, ein unbedingter Notfall. Er grinste: »Gegen ’ne Packung Kippen. Ich wollte mir eh welche holen, meine sind alle.« Jetzt hielt er den Hörer etwas vom Ohr weg. Marie schrie ziemlich beleidigendes Zeug. »Vergiss es«, erwiderte er, als sie endlich fertig war. »*Burmas* und ich bin dabei. Ansonsten habe ich auch noch anderes zu tun.« Wieder ein paar deftige Worte. »Also okay. Sag mir, wo wir uns treffen.« Dann hatte sie aufgelegt.

Nach Dünnwald musste er einen Umweg fahren, denn um die Uhrzeit gab es keinen Bus dorthin. Mit der S-Bahn nach Mülheim und dann weiter mit der Linie 4. O Mann … Das schien ewig zu dauern. Er blätterte lustlos in einem Flyer, den er auf dem Sitz gefunden hatte: *Der Kristallberg – auch du bist auserwählt.* Irgend so ein Stuss über Bewusstseinserweiterung und neue Wege, um sich selbst zu entdecken. Dazu Fotos von vier strahlenden Menschen vor einem Berg aus Kristall. Was für ein Bullshit. Schließlich beobachtete Fatty ein paar Mädchen, die von einer Party zu kommen schienen, und ärgerte sich ab dem Wiener Platz darüber, dass er überhaupt losgezogen war. Immerhin wartete Marie schon, als er an der Haltestelle Lichterstraße ausstieg. Sie sah blass aus, hatte Ringe unter den Augen. »Die Nacht durchgezecht?«, begrüßte er sie.

»Quatsch nicht. Hier sind deine blöden Kippen. Erinnere mich beizeiten daran, dass ich dir dafür einen reinwürge, du Arsch.«

Fatty schnappte sich die hellblaue Packung, riss die Folie ab und steckte sich erst mal eine an. »Werde ich tun.« Er grinste. Nicht nur der Glimmstängel schmeckte, auch die Genugtuung, gegenüber Marie mal den Ton anzugeben. »Also, was geht?«

Einen Moment schien es, als würde sie die Beherrschung verlieren, aber sie nahm sich mit Mühe zusammen. Ihre Stimme klang gepresst: »Weiß ich noch nicht genau. Meine Ex geistert hier irgendwo herum. Zusammen mit dieser Nica.«

»Habe ich gestern von Peggy gehört. Hast dich ja schön in die Scheiße geritten.«

»Danke, Ferdinand, genau solche Kommentare kann ich jetzt gebrauchen. Vor allem von einem, der die Scheiße anzieht wie ein Magnet.«

»Hey …«

»Jetzt hör erst mal zu! Diese Nica ist nicht gerade zimperlich. Wenn ich der alleine über den Weg laufe, dann gute Nacht. Ich bin nicht WonderWoman.«

»Warum sind wir dann hier?«

»Weil Claire mich darum gebeten hat.«

»Claire ist deine Ex?«

»Scharf kombiniert, Jerry Cotton. Rauch lieber noch ’ne Kippe.«

»Wo hast du die Zigaretten überhaupt her?«

»Hergezaubert.« Marie sah die Straße auf und ab, ihr Gesicht angespannt. »Von Krube, unserem Nachbarn. Der kam zufällig gerade aus der Kneipe in unserer Straße und hat mir welche gezogen. Halt jetzt mal die Klappe.«

Fatty nahm einen tiefen Zug aus seiner *Burma*. War schon wieder so weit, dass er es bereute, hier zu sein. Eben noch hatte er Marie aufziehen können, aber nun ballerte sie ihm schon wieder trockene Kommentare um die Ohren. »Ich raff es nicht. Was will deine Ex denn? Wenn sie sich mit dir treffen möchte, soll sie das doch tun. Wofür braucht ihr da diese Nica? Und wofür brauchst du da mich?« Den Mund würde er wenigstens nicht halten, aus Prinzip schon nicht.

Marie drehte sich genervt zu ihm um. »Wir brauchen Nica nicht. Aber die ist heute dabei. Claire und sie haben eine etwas ... schwierige Beziehung. So was in Richtung devot-dominant.«

Fatty sagte zwar »Aha«, hatte aber nicht wirklich verstanden, was Marie da laberte. Vermutlich hatten alle drei einen kleinen Dachschaden.

»Das Problem ist, dass ich Nica mittlerweile für ziemlich unberechenbar halte, außerdem neigt sie zu Gewalttätigkeiten. Die zieht Claire damit völlig runter.«

»Du meinst, sie würde dich plattmachen? Erwartest du, dass ich mich mit Nica kloppe, wenn es ernst wird? Dann vergiss es – ich schlage keine Mädchen.«

»Was weiß ich! Mit ’nem Typen wie dir wird die es schon nicht drauf ankommen lassen.«

War das jetzt als Kompliment gemeint? Von wegen er wirke so beeindruckend und so?

»Komm schon, wir machen uns besser auf den Weg, Ferdinand. Die Nummer 150 liegt auf der anderen Straßenseite, also bleiben wir erst mal hier.« Marie winkte ihm, und Fatty schlurfte hinterher, immer noch über das scheinbare Kompliment grübelnd.

»Überhaupt nichts mehr los hier«, flüsterte sie. Gehsteig und Straße waren wie leer gefegt, in den meisten Häusern bereits die Lichter gelöscht. »Wenn wir hier so rumstehen, fallen wir sofort auf. Wir kauern uns lieber da zwischen die Autos.« Sie bezogen Position. Fatty setzte sich auf den Asphalt. Es war kalt, hoffentlich mussten sie nicht zu lange warten.

»Kannst du erkennen, welche die 150 ist? Da sind zwei Schilder an der Tür, aber es ist zu dunkel, sie zu entziffern. Ich hätte vorher nachsehen sollen.« Marie war voll bei der Sache.

Das Haus lag etwas versetzt zur Straße. Drei Bäume davor und eine schmale Zufahrt zu vier Parkplätzen. Die Gegend war ziemlich normal mit Eigenheimen und gemütlichen Mehrfamilienhäusern, weiter runter gab es eine Bäckerei und einen Blumenladen.

»Wohnen die da?«, fragte Fatty gelangweilt, um überhaupt etwas zu tun. Er konnte sich nicht gleich eine neue Kippe anstecken, ansonsten war die Packung bald wieder leer.

»Unsinn. Nicas Eltern wohnen in der Nähe von Nürnberg und Claire in Flittard.«

»Hätte ja sein können.«

»Wenn du ein bisschen mehr in die Community schauen würdest, wüsstest du das.«

»Nee, mir postet eh keiner was ins Gästebuch.«

»*Schreibt mir was rein, ihr Penner* ist auch nicht gerade ein motivierender Slogan.«

»Ist doch witzig.«

Marie schnaubte leise. Dann hob sie die Hand, um ihn zum Schweigen zu bringen. »Ich glaube, da sind sie.«

»Wo?« Fatty richtete sich auf.

»Mann, bleib unten mit deinem Schädel, die sehen uns doch!« Sie gab ihm einen Stoß und er ging wieder in Deckung. Vorsichtig spähte er durch die Scheiben des Wagens. Auf der anderen Straßenseite näherte sich ein Pärchen. Als sie eine Laterne passierten, konnte er sie deutlicher ausmachen. Zwei Mädchen, die Größere von beiden ganz in Schwarz, die andere in Jeans, dunklem Kapuzenpulli und Lederjacke. »Welche ist deine Ex?«, fragte er leise.

»Die Kleinere mit der Kapuze.« Marie drückte sich enger an die Motorhaube. Jetzt kamen die beiden an ihnen vorbei, aber sie hatten sich so weit in die Schatten zurückgezogen, dass man sie unmöglich bemerken konnte. Nica blickte sich immer wieder aufmerksam um.

»Was haben die vor?«

»Keine Ahnung. Sieht aber nicht aus, als würden sie auf jemanden warten. Vermutlich also kein Tilidin-Deal.«

Nica und Claire bogen in die Einfahrt der Nummer 150 ab. Einen Moment konnte Fatty sie auf dem Parkplatz sehen, dann waren sie an einer Hausseite verschwunden.

»Und jetzt?«, zischte Marie.

»Na, hinterher! Ansonsten kriegen wir nicht raus, was abgeht.« Alles war besser, als hier weiter dumm rumzusitzen und sich den Arsch abzufrieren. Er löste sich aus seinem Versteck, vergewisserte sich, dass niemand auf der Straße war, und eilte zum Haus hinüber. Die Bäume boten genügend Sichtschutz. Marie folgte ihm beinahe lautlos.

»Bleib vom Eingang weg, es gibt bestimmt einen Bewegungsmelder. Entweder gehen wir direkt hinterher oder wir schleichen uns von der anderen Seite heran.« Fatty war ganz in seinem Element. Sein Puls ging schneller, seine Nerven vibrierten.

»Andere Seite«, wisperte Marie.

Er schob sich an den Bäumen vorbei, am Rande des Parkplatzes entlang und dann halb geduckt zum Haus hinüber. An der Wand kauerte er sich hin und lauschte, aber bis auf ein wenig fernen Stadtlärm und Maries unruhigen Atem war nichts Auffälliges zu hören. Konnte natürlich sein, dass es eine Falle war. Vielleicht rechneten die nur mit Marie und lauerten an der nächsten Ecke. Na, das sollten sie nur versuchen. Allerdings gab es auch deutlich bessere Orte, um jemanden abzuziehen. Ein schneller Blick, aber an der Hausseite war niemand. Fatty drückte sich um die Ecke und arbeitete sich vorwärts.

»Ich glaube, ich weiß, was das ist«, flüsterte Marie. Sie standen vor einem Fenster, das von innen mit Jalousien verhangen war. Durch die Spalten konnte er im fahlen Mondlicht in etwas blicken, das an ein Behandlungszimmer erinnerte. »Pass auf, am Glas klebt eine Alarmanlage.« Sein Finger deutete auf den unteren Teil der Scheibe.

»Eine Arztpraxis. Die brauchen Nachschub.«

»Dazu müssten sie aber den Alarm aushebeln. Komm weiter, das sehen wir uns an.« In eine Praxis einzubrechen war ihm noch nicht in den Sinn gekommen. Gab bestimmt kein Bargeld da, nur Medikamente. Die ließen sich sicherlich auch verticken, aber der Aufwand schien ihm zu groß zu sein. Wer wusste schon, welche Pillen wofür waren und so ein Zeug?

Um das Haus zog sich ein kleiner Garten mit einer Rasenfläche. Fatty linste vorsichtig um die Ecke und nahm den Kopf gleich wieder zurück. Die beiden Mädchen gingen gerade die Kellertreppe hinunter. Seine Hand packte Maries Arm und drückte sie gegen die Wand. Einen Finger am Mund, deutete er ihr an, leise zu sein. Da – jetzt war ein Kratzen zu hören, dann ein Knacken. Langsam ging er in die Hocke und sah erneut hinter das Haus. Die namens Claire stand auf der Treppe und beobachtete den Garten. Die andere konnte er nicht sehen. Vermutlich brach sie die Kellertür auf. Shit! Claire wandte abrupt den Kopf in seine Richtung. Hastig zog er sich zurück, sein Herz hämmerte. Fatty lauschte angestrengt. Hinten war es hell genug, dass sie ihn gesehen haben konnte. Näherten sich Schritte? Ganz automatisch ballte er die Fäuste. Nein, alles ruhig. Dann hörte er deutlich ein Quietschen –

wahrscheinlich die Tür zum Keller. Er riskierte einen schnellen Blick und presste sich sofort wieder gegen die Hauswand. Keine Wache mehr – scheinbar waren die beiden in der Praxis verschwunden. Fatty atmete aus.

»Was ist?« Marie wippte nervös auf und ab.

Mit einem Nicken deutete er ihr an, ein Stück zurückzugehen. Erst dann raunte er: »Die haben die Kellertür aufgebrochen und sind rein. Die räumen den Laden leer.«

»Das habe ich befürchtet …«

»Einen Moment dachte ich, deine Claire hätte mich entdeckt, war aber nicht. Ist wohl am besten, wir verpissen uns. Oder willst du die Bullen rufen?«

Marie zuckte zusammen. »Nein, keine Polizei«, erwiderte sie zögernd.

Fatty, schon dabei, sich abzusetzen, hielt inne. Er war sicherlich der Letzte, der was mit den Bullen zu schaffen haben wollte. Marie bereitete das offensichtlich ebenfalls Unbehagen. »Wäre sicherlich besser, die Polente einzuschalten. Wenn es stimmt, was du über Nica erzählt hast, sollte die wohl oder übel aus dem Verkehr gezogen werden.« Er musste ein Grinsen unterdrücken. Solche Sprüche aus seinem Mund. »Klar, Claire kassieren die dann auch ein …«

Täuschte er sich oder war Marie noch blasser geworden? Schwer zu sagen im Halbdunkel. Aber ihre Stimme zitterte: »Nein, keine Bullen.« Es schien sie arge Überwindung zu kosten, das zu sagen.

»Mann, die räumen ’ne Arztpraxis leer! Mit Drogen und so einem Scheiß … Wenn die das Zeug an Unschuldige verticken – da will ich nicht schuld sein.« Das war ziemlich dick aufgetragen. Was interessierte es ihn, wenn die Tussis 'nen Bruch machten oder irgendwelche Spinner Pillen einwarfen.

»So schlimm wird es schon nicht sein«, erwiderte sie matt.

»Was weiß ich!« Er wedelte mit dem Arm. »Ist ja deine Ex, du musst es wissen. Aber ich rufe an, wenn es sein muss. Gib mir nur dein Handy.« Den Teufel würde er tun. Aber jetzt war er mal am Drücker. Das war einfach zu gut.

Marie wich zurück und legte eine Hand auf ihre Jackentasche. »Nein!«

Das war besser als alles Bisherige. Genugtuung für jedes Mal, das sie ihn Ferdinand nannte. »Komm schon. Sonst setzen die sich ab, ehe die Bullen da sind.«

»Scheiße!«, stieß Marie laut aus und presste gleich darauf die Lippen aufeinander. Sie war wirklich bleich, ihre Augen weite, dunkle Seen. »Ich kann das nicht«, brachte sie schließlich hervor. »Ich habe Claire versprochen, sie nicht reinzureiten.«

»Die reitet sich doch selbst rein. Immerhin hat sie dich hierhergerufen.«

»Das ist es doch – warum hat sie das getan? Ergibt doch gar keinen Sinn.« Sie rieb sich angestrengt die Stirn.

Fatty verzog das Gesicht. Ergab wirklich keinen Sinn. »Tja ...« Jetzt hatte er schon wieder den Druckpunkt verloren. »Wir sollten die Polizei rufen«, wiederholte er lahm.

Marie trat einen entschlossenen Schritt vor: »Genau das will sie.«

O Mann ... »Spinnst du? Wer will denn so was?!« Er rang die Hände.

»Nein, ich meine es ernst. Claire will, dass sie erwischt werden. Anders kommt sie nicht von Nica los. Am Telefon war sie total verzweifelt.«

»Dann ist sie ein Fall für die Klapse. Das ist doch Stuss! Willst du jetzt die Polizei alarmieren?« Die Betonung lag auf *du*, denn das wollte er sich dann doch nicht anhängen. Er rechnete schon mit einem Ja, aber stattdessen antwortete Marie: »Keine Ahnung.«

»Ihr habt 'nen Schaden, mehr sage ich dazu nicht mehr. Ich ...« Sein Kopf zuckte herum, denn durch die Bäume konnte er die Straße sehen. Und von da fuhr ein Fahrzeug auf den Parkplatz. Ein Streifenwagen. »Die Bullen! Wir haben doch noch gar nicht angerufen ...« Fatty sah sich fieberhaft um. Nach vorne raus konnten sie schon nicht mehr abhauen. Blieb nur der Rückzug durch den Garten. »Weg hier!«, zischte er und rannte los. Aber Marie blieb wie angewurzelt stehen. »Mann ...!« Er packte sie am Arm. »Komm schon!«

Sie schüttelte den Kopf: »Die hat Claire bestimmt angerufen.«

»Das ist doch scheißegal! Wenn die uns hier aufgreifen, hängen wir mit drin! Los, bevor es zu spät ist!« Vor dem Haus schlug eine Autotür zu. Er zerrte Marie vorwärts. Zum Glück war sie nicht sonderlich stark. So ein Mist! Von den Bullen für etwas kassiert zu werden, mit dem er nicht das Geringste zu tun hatte ... Das fehlte ihm gerade noch! Endlich kapierte sie und rannte hinter ihm her.

Am Kellerausgang war niemand zu sehen. Claire und Nica hatten noch nichts mitbekommen. Gut. Sie sprinteten durch ein Blumenbeet, dann über den Rasen zum hinteren Teil des Grundstücks. Hoffentlich ging es da irgendwie weiter. Fatty riskierte einen Blick über die Schulter. An der Stelle, an der sie eben noch beratschlagt hatten, bewegte sich der Lichtkegel einer Taschenlampe. Das war verdammt knapp gewesen. Vorwärts! Marie war noch immer hinter ihm.

Sträucher und ein Zaun versperrten den Weg. Jetzt bekam er auch noch verdammtes Seitenstechen. Fatty drängte sich bis zum Maschendraht vor. Nur nicht zu viel Lärm machen. »Scheiß Dornen!«, fluchte er kaum hörbar und riss wütend seinen Jackenärmel los. Rechts erkannte er einen Komposthaufen in der Dunkelheit, über den konnte er mühelos über den Zaun kommen. Ein Satz und er war auf der anderen Seite. Marie folgte dichtauf. Keine Zeit für eine Verschnaufpause, erst mussten sie völlig aus der Schusslinie sein. Auf gut Glück wandte Fatty sich nach rechts. So kamen sie im Schutz einiger Bäume weiter. Der Garten hier gehörte zu einem zweistöckigen Wohnhaus, in dessen Wohnzimmer der Fernseher flackerte. Musste nicht sein, dass die Besitzer zwei Gestalten durch ihre Gemüsebeete pflügen sahen.

»Wo willst du hin?«, keuchte Marie.

»Weg – was denn sonst?« Schon wieder ein Zaun, aber nur hüfthoch. Er stützte sich auf einem der Pfähle ab und sprang darüber. Ein schmaler Pfad, der zwischen den Gärten entlangführte. Nach rechts kamen sie zurück auf die Odenthaler, nach links … keine Ahnung. Aber wenn die Polizei das Haus betreten hatte, konnten sie die Strecke zurück, die sie vorhin gekommen waren, ohne gesehen zu werden. Damit wären sie in jedem Fall schneller an der Haltestelle, als erst durch Dünnwald zu irren.

Jetzt lief Fatty nicht mehr, sondern ging nur noch zügig vorwärts, die Hände in den Taschen, den Kopf gesenkt. Da war die Straße. Wenn irgendwo ein Bulle stand, hieß es wieder rennen. An der Ecke blieb er stehen und schaute sich unauffällig um. Shit, da war ein weiterer Streifenwagen. Hielt mit Blaulicht vor der Einfahrt. Beamten konnte er keine ausmachen, aber ein paar Schaulustige. Fatty atmete aus. Sie waren durch. Nun konnten sie problemlos abdampfen. Zeit, sich eine Kippe anzuzünden und zur Straßenbahn zu schlendern. Marie war neben ihm … oder auch nicht! »Hey, was machst du? Lass uns abhauen!«

Aber sie stand auf der Straße und starrte wie hypnotisiert zum Blaulicht hinüber.

»Marie!« Er legte ihr eine Hand auf die Schulter, um sie in seine Richtung zu ziehen. Doch sie befreite sich und taumelte auf den Streifenwagen zu. Wie eine Schlafwandlerin. Mist! »Hast du sie noch alle? Ist doch alles glattgegangen. Wir müssen unser Glück nicht überstrapazieren.« Sie lief einfach weiter, schien ihn gar nicht wahrzunehmen.

»Kacke! Also ich hau ab. Ich muss denen nicht auch

noch in die Arme laufen.« Er zögerte noch einen Moment, aber als er einen Polizisten aus der Einfahrt kommen sah, wandte Fatty sich ab.

Marie war wirklich nicht ganz dicht …

27

Es war wie einer ihrer Träume. Einer von denen, in denen die Welt in Trümmern lag und Marie sich über Schutt und Geröll mühte, ohne ein Ziel zu haben. Oder in denen hinter dem letzten Trümmerberg genau das lag, was sie am wenigsten sehen wollte.

Ihre Füße schienen den Boden kaum zu berühren, die paar Meter bis zur Einfahrt ein ganzes Leben weit entfernt. Das Blaulicht stach in den Augen, aber ihr Blick war zu starr, zu fern, um sie zu schließen. Wenn da Lärm war, hörte sie ihn nicht. Nur das Klopfen ihres Herzens, das von ihrer Brust aufstieg und sich in tausend Echos in ihrem Kopf fortsetzte. Irgendwo hatte sie Ferdinand hinter sich gelassen, seine Stimme, seine Berührung nur flüchtig neben ihr.

Alles um sie war entrückt, weit fortgeschoben. Und doch brannten sich einzelne Details in ihre Netzhaut – der auf dem Bordstein geparkte Streifenwagen, die Passanten, der Polizist, der sie zurechtwies. Anfangs waren die Leute vor ihr, dann um sie herum. Die Gesichter voller Neugier in die Einfahrt gerichtet. Das Blaulicht über ihren Köpfen.

Marie fühlte sich plötzlich extrem müde. Am liebsten hätte sie sich auf den Asphalt gelegt, eingehüllt in den zuckenden Lichtschein. Die Lider geschlossen, alles losgelassen, alles vergessen.

Ihr Hals war wie zugeschnürt, das Schlucken fiel ihr schwer. Sie glitt an den Schaulustigen vorbei, bis ganz nach vorne. Wie unter Zwang wandte sie den Kopf hin zum Parkplatz. Im Haus brannte Licht. Ein Uniformierter stand in der offenen Tür, machte sich Notizen.

Wo war Claire? Für einen Moment setzte ihr Herz aus bei dem Gedanken, dass sie vielleicht nicht erwischt worden war. Dass sich alles hier auflöste, zurück in die Dunkelheit fiel. Aber gleichzeitig wusste Marie, dass Claire nicht abgehauen war.

Es stimmte. Jetzt sah sie Claire, wie sie zum Auto geführt wurde. Ohne Widerstand, den Blick geradeaus gerichtet. Wie an einer Schnur gezogen auf Marie zu. Das Haar hatte sie frisch gefärbt. Tomatenrot, ein bisschen wie Blut. Ihr Gesicht ausdruckslos und erstarrt. Hatte sie Marie schon bemerkt? Falls ja, warum reagierte sie nicht? Da, jetzt waren sie an der Einfahrt angekommen. Claire wurde in zwei Meter Abstand an ihr vorbeigeführt. Keinerlei Reaktion.

Marie hob eine Hand, ließ sie aber gleich darauf wieder sinken. Der Anblick versetzte ihr einen Stich. Im flackernden Blaulicht wirkte das Mädchen sehr bleich und verletzlich. Und schön. Da änderten auch der dicke Kratzer auf ihrer Wange und das geschwollene Auge nichts dran. Aus der Prügelei mit Nica gestern oder vorgestern …

Plötzlich war da Geschrei neben dem Haus und die Aufmerksamkeit der wenigen Zuschauer wandte sich automatisch dorthin. Marie wollte den Blick nicht von ihrer

Freundin … ihrer *Exfreundin* nehmen. Claire, sieh mich doch an. Doch sie stand einfach da, regungslos, den Polizisten neben sich.

Dann brachten sie Nica. Eine Beamtin und ein Beamter hielten sie und schoben sie vorwärts. Immer wieder bäumte sich das Mädchen auf, versuchte sich zu befreien. Ihre Kleidung war lehmverschmiert, sie blutete aus einer kleinen Platzwunde an der Stirn. Ihr Gesicht war verschwitzt und gerötet, die Augen winzig klein und lodernd, während aus ihrem Mund Beleidigungen quollen. Der Beamte an ihrer Seite hatte ein paar schimmernde Kratzer auf der Wange.

Nica bemerkte Marie nicht, als sie zum Wagen gebracht wurde. Aber als sie bei Claire war, kam das erste Mal wieder Leben in den Rotschopf. Sie nickte Nica langsam zu, dann wandte sie den Kopf in Maries Richtung. Immer noch keinerlei Regung in ihrer Miene.

Als Nica dem Blick folgte und Marie erkannte, explodierte sie förmlich. Ihr Gesicht war so voller Wut und Hass, dass Marie unwillkürlich zurückwich. Fast hätte die Blonde sich losgerissen, aber die Beamten bekamen sie gerade noch in den Griff und zerrten sie zum Wagen. Unter wilden Drohungen und Flüchen wurde sie auf den Rücksitz verfrachtet.

Und Claire? Die sah Marie nun unverwandt an. Stand einfach da und sah sie an. Ihr Mund ein dünner Strich. Die Augen weit und klar. Ihre Blicke begegneten sich. Marie spürte ein so starkes Ziehen in der Brust, dass sie die Hand dagegenpresste. Claire … Ihr Anblick fraß sich in sie hinein. Rote Haare, grüne Augen, blasse Haut und Sommersprossen. Das Bild legte sich mitten hinein in den Schmerz und die Hilflosigkeit. Claire …

Der Beamte schob sie vorwärts und der Kontakt riss ab. Marie wollte losstürzen, aufschreien, weinen, blieb aber stumm. Zu wild rasten ihre Gedanken.

Claire drehte sich um, ließ sich ohne Gegenwehr wegbringen. Ohne Marie irgendein Zeichen zu geben – kein Lächeln, kein Nicken. Gar nichts. Einfach fortgerissen.

Sie wurde neben Nica in den Wagen gesetzt. Nicht ein Blick zurück. Es schien, als hätte Marie für Claire aufgehört zu existieren.

Der Streifenwagen fuhr ab, einen Moment verbreitete er noch grellblaue Helligkeit, dann erstarb das Licht, und Maries Augen verfolgten nur noch die Rücklichter, bis diese in der Dunkelheit verschwunden waren.

28

Warum ich? Nick saß vor dem Rechner und starrte auf die Tastatur. Warum nicht Peggy oder Marie? Na … Marie gerade nicht, der ging es miserabel. Aber Peggy, die hatte immerhin mit der ganzen Geschichte angefangen. Da konnte sie doch auch eine Mail an Kim schreiben. Vor allem eine, die nicht gerade frohe Botschaft verkündete. Aber nein, er hatte sich wieder einmal breitschlagen lassen. Nick seufzte resigniert.

Mittlerweile musste die Polizei Kim und ihren Eltern mitgeteilt haben, dass man Veronica verhaftet hatte. Ein Lebenszeichen immerhin, aber bestimmt nicht das erhoffte. Blieb offen, was mit Veronica überhaupt geschehen würde. Ob sie zu ihrer Familie zurückkam? Vielleicht, wenn sie ansonsten nichts ausgefressen hatte. Doch mit dem, was er von ihr wusste, hielt Nick das für unwahrscheinlich. Schlägereien, Einbruch, Medikamentenhandel – für siebzehn Jahre war das krass. Ganz zu schweigen davon, dass Veronica sicherlich nicht grundlos ausgerissen war und gar nicht zurückwollte. Die Frage, die er sich dabei immer wieder stellte, war, warum das alles? Über ihr Elternhaus wussten sie kaum etwas, aber das wenige klang nicht so, als müsste man deshalb auf der Straße leben. Und sich mit Diebstählen und Deals über Wasser halten. Alles für ein Stück Freiheit? Marie war da mittlerweile anderer Meinung, zumindest was Veronica anging. Die hielt sie für eine Soziopathin.

Bei Claire wiederum schien das anders, denn die kam aus miesen Verhältnissen und wollte raus.

Ach, er war kein Psychologe und würde vermutlich nie erfahren, was mit den beiden Mädchen los war und was noch mit ihnen passieren würde. Alles, was er wollte, war, eine Mail an Kim zu schreiben. Und das innerhalb der nächsten halben Stunde. Dann ging er nämlich ins Kino. Mit Lena. Irgendeine Komödie mit einem der Hauptdarsteller aus *Jenseits der Träume*. Den Titel hatte er schon wieder vergessen. Aber egal, sie hatte den Film ausgesucht, also würde er mitgehen. Und wenn es zwei Stunden Fernsehwerbung wären. Danach konnten sie vom Kino aus Richtung Dom gehen und ein Eis essen. Nick wollte Lena einladen, war sich aber noch nicht sicher, ob er das wirklich machen würde. Das wäre dann schon fast ein Rendezvous ... irgendwie.

Vorher musste er nur diese verdammte Mail schreiben! Am besten fing er vorne an. Was sie alles unternommen hatten und wie sich das Ganze dann entwickelt hatte. Marie und Claire, Claire und Veronica, das mit den Sprayern und später diese Tilidin-Geschichte, bis hin zum Einbruch. Einfach nur, damit Kim und ihre Familie wussten, was geschehen war. Und zwar von ihrer Seite aus gesehen. Nick atmete durch und fing an zu tippen. Mal abgesehen von Referaten war das nicht gerade seine Sache.

29

Es wurde ein langer Kuss. Seine Hand auf ihrem Po, die andere unter dem Shirt, auf der warmen Haut ihres Rückens. Dazu der Duft ihres Parfüms, das Kitzeln der Locken an seinen Wangen. Fatty wollte nicht loslassen. Egal was, er wollte nicht. Und da gab es noch andere Dinge … Aber nicht hier, mitten auf der Breite Straße.

Peggy löste sich schließlich von ihm, ein wenig atemlos, ihr Gesicht gerötet. Sie lächelte und zog seinen Arm heran, um seine Hand zu halten.

Erst jetzt kehrte der Lärm der Einkaufsstraße um sie herum zurück. Es war nach vier und richtig voll. Sie hatten sich am Eingang der WDR-Arkaden verabredet, direkt nach Peggys Tanzstunde.

»Also«, sie schlenderten in Richtung Ehrenstraße, »warum musstest du mich unbedingt heute noch sehen?« Sie lächelte ihn an.

»Och …« Fatty war tatsächlich ein wenig nervös. Ihm war nach einem Kippchen, aber in der Packung waren nur noch sechs Stück, die mussten für den Rest der Woche reichen. »Einfach so.«

»Schön.« Sie kuschelte sich an ihn.

»Na ja, eigentlich … ach, verdammt.« Diplomatie war wirklich nicht sein Ding. »Ich hab da was für dich.« Er kramte in seinem abgenutzten Rucksack. »Hier, ich hoffe, es gefällt dir.« Damit drückte er ihr das kleine Geschenk in die Hand. Es war nicht verpackt, weil er es eben erst gekauft hatte. »Ich meine ... du stehst doch auf so Mäusekram und so.«

Peggy hielt den Schlüsselanhänger hoch – die orange Maus. »Wie niedlich!« Sie strahlte und küsste ihn auf den Mund.

Musste schon ewig her sein, seit er ihr was geschenkt hatte, abgesehen von Geburtstagen. Fatty tat gelassen, freute sich aber innerlich über ihre Reaktion.

Eilig holte Peggy ihren Schlüsselbund hervor. An dem baumelte bereits eine Hello Kitty aus Stoff. Hatte er total vergessen. Sein Lächeln wurde schief. »Ach, du hast schon eine ...«

»Ist doch egal. Ich habe mindestens sechs. Aber noch keine WDR-Maus. Die Kitty hat eh 'ne Pause verdient.« Sie löste die weiße Katze ab und hängte die Maus dran. »Danke.«

»Kein Thema.«

Sie nahm wieder seine Hand. »Das hättest du aber nicht gebraucht. Ich weiß doch, dass du immer ein bisschen knapp bei Kasse bist.«

Er drückte sie sanft an sich. »Ich verzichte mal auf eine Schachtel *Burmas* diesen Monat.«

»Echt?« Peggy schaute ihn aus klaren Augen an. »Das tust du für mich und die Maus?«

»Na, ich ...« Aber Fatty konnte den Satz nicht beenden, weil sie ihn noch einmal küsste.

Einige Zeit gingen sie schweigend weiter, blieben an ein

paar Schaufenstern stehen, während er nach den richtigen Worten suchte. Schließlich seufzte er und fing einfach an. *Richtig* war ohnehin so eine Sache. »Weißt du, ich habe mir das durch den Kopf gehen lassen wegen uns.«

»Du meinst den Discoabend?«

»So allgemein. Wie alles lief in letzter Zeit und, na, wie ich so drauf war.« Jetzt eine Kippe ... Aber Fatty zwang sich, den Drang zu ignorieren. Das hier war ihm wichtig.

Peggy sah ihn neugierig an, aber auch ein bisschen skeptisch. »Und?«

Okay ... zieh das jetzt durch. »Nachdem ich mit Marie unterwegs war, sind mir einfach so ein paar Sachen ... aufgefallen. Ich meine, ihre Beziehung zu Claire war ja nun echt mies. Ich meine, wie die sie da reingezogen hat und alles. Vor allem am Schluss mit den Bullen. Mann, die hätten uns fast kassiert. Wegen nichts!«

»Quatsch. Das war gar nicht Claires Absicht.«

»Nicht?« Fatty blickte sie verwirrt an.

»Nee, bestimmt nicht. Und selbst wenn sie einen Alarm ausgelöst hätten, die Polizei hätte euch nichts anhängen können. Kann sein, dass ich mich irre, aber ich habe mir das folgendermaßen zurechtgelegt – Marie übrigens auch: Claire war verzweifelt und wollte weg von Veronica. Nur ging das absolut nicht, warum auch immer. Zumindest nicht so offen. Also hat sie sich selbst hochgehen lassen. Damit sie zusammen mit Veronica ertappt wird und die keinen Verdacht schöpft.«

»Jetzt erzählst du Mist. Warum, bitte schön, haben die uns dann noch in die Scheiße reiten wollen?«

»Weil Claire einen Sündenbock brauchte, nämlich Marie, die bei der Verhaftung dabei war. Dann sah es so aus, als hätte sie die Polizei gerufen, nicht Claire selbst.«

Fatty verzog das Gesicht. »Das ist doch krank. Wer würde denn so was abziehen?«

Aber Peggy zuckte mit den Schultern und schwieg.

Heilige Scheiße – Claire, Veronica und Marie hatten wirklich einen an der Klatsche. Er versuchte, seine Gedanken wieder zu ordnen. So ein Beziehungsmist war ja schlimmer als jede Seifenoper. Außerdem hatte Peggy keine Ahnung, dass es für ihn durchaus Ärger hätte geben können, wenn die Bullen ihn erwischt hätten. »Das muss ich erst mal sacken lassen.«

»Da bist du nicht der Einzige. Marie tut mir leid, die nimmt das alles ziemlich mit.« Peggy seufzte leise, dann rang sie sich zu einem Lächeln durch. »Aber darüber wolltest du gar nicht reden, oder?«

Fatty haderte noch ein wenig mit sich, dann fuhr er endlich fort: »Was ich eigentlich sagen wollte: Sorry, wie das alles gelaufen ist die letzte Zeit. Zwischen uns, meine ich. Das war einfach ein schlechter Lauf, den ich hatte. Aber trotzdem hätte ich dich nicht so behandeln sollen.« Er holte tief Luft, dann blickte er ihr fest in die Augen: »Ich liebe dich ...« Er küsste sie sanft.

Peggy schlang die Arme um ihn und zog ihn ganz dicht an sich. »Das hast du lange nicht mehr gesagt«, flüsterte sie.

»Ich weiß ... Es ist nur, ach, ich weiß auch nicht. Fällt mir halt manchmal schwer, so was.«

»Immerhin tust du es.«

Er grinste: »Meinst du, wir haben noch eine Chance?«

Sie knuffte ihn in die Seite: »Wenn du dich bemühst, nicht wie ein Elefant im Porzellanladen durch meine Gefühle zu trampeln …«

»Ich bemühe mich!« Er atmete erleichtert aus. »Es ist einfach so, dass meine Pechsträhne mal ein Ende haben muss.«

»Das wird schon.«

»Jetzt bin ich mir sicher. Es tut sich endlich was.« Er nickte zuversichtlich.

Sie gingen Arm in Arm weiter, ihm war es egal, wohin. Eingebettet in den Strom der Passanten, an den Schaufenstern vorbei. Und doch nur sie beide, ganz eng beisammen. Das fühlte sich gut an.

»Du klingelst«, wunderte Peggy sich nach einiger Zeit und sah ihn an, als wäre sie aus einem Traum erwacht. Ihr Blick leicht verhangen, die Wangen rosig.

»Hä? Ach, das ist das Handy. Ich krieg 'ne SMS.« Mit der freien Hand zog er das Telefon hervor.

»Seit wann hast du ein neues?«

»Och, seit gestern. Hatte ich nur schon wieder vergessen. Ist von Micha.«

Peggy rückte ein klein wenig von ihm ab: »Ach, von dem nimmst du ein Handy, von mir aber nicht?«

»Hat sich halt so ergeben. Ich brauche eben wieder eins und er hatte das hier noch bei sich rumfliegen.« Oder es irgendwo abgegriffen. »Ist doch nichts Besonderes.«

Sie seufzte: »Das ist wieder so eine Männermacke. Von

einem Kumpel kannst du eins abstauben, von mir aber nicht.«

»Na ja …« Irgendwie hatte sie recht. Michas Handy war okay, aber Peggys Sachen erinnerten ihn immer an eine milde Gabe.

»Was soll es, Hauptsache, ich kann dich wieder rund um die Uhr erreichen. So ohne Handy bist du total aus dem Raster gefallen.«

»Ich fand es nicht so schlimm.« Er klickte sich durch die SMS. Sie kam von Hardy.

»Und, was Wichtiges?«

»Nee, nicht wirklich.« Er steckte das Handy ein und zog Peggy wieder an sich. Dann lächelte er breit: »War nur die Nachricht, dass es von jetzt an bergauf geht.«

Myron Bünnagel

Myron Bünnagel, geboren 1974. Nach dem Studium der Pädagogik, Soziologie und Psychologie ist er als Schriftsteller, Webdesigner und Online-Redakteur tätig. Er ist Herausgeber der deutschsprachigen Krimi-Website www.mordlust.de. Myron Bünnagel lebt mit seiner Familie in der Nähe von Köln. Bei Beltz & Gelberg erschien bereits der Krimi *Puppentanz*.
Weitere Informationen zum Autor und Extras zum »Team Köln« unter: www.zeilenrausch.de

Myron Bünnagel

Puppentanz

Krimi, 232 Seiten (ab 12), Gulliver TB 74051

Köln: Marie beobachtet einen Einbruch in die Puppenwerkstatt ihres Patenonkels. Damit schliddern sie, Peggy, Nick und Fatty mitten hinein in skrupellose Geschäfte. Geht es wirklich nur um Porzellanpuppen? Die vier nutzen ihr Internetforum www.schwarzlichter.com, um darauf aufmerksam zu machen. Doch vor allem für Fatty gewinnt die Sache plötzlich eine erschreckende Dimension …

Kathleen Weise

Code S2

Krimi, 224 Seiten (ab 12), Gulliver TB 74052

Leipzig: Ein mysteriöser Zahlencode wird Rene zum Verhängnis. Plötzlich verfolgt ihn ein Unbekannter. Doch was bedeuten die Zahlen? Auch Niklas und Johanna wissen keine Antwort. Kikki fragt die User von www.schwarzlichter.com. Die Hinweise von dort und ihre eigenen Erkenntnisse fügen sich zusammen – doch Rene schwebt längst in großer Gefahr …

GULLIVER
www.gulliver-welten.de
Beltz & Gelberg, Postfach 10 01 54, 69441 Weinheim